台灣作家全集

2 珍貴的圖片

台灣文學作家的精彩寫眞，首次全面展現，讓我們不但欣賞小說，也可以一睹作家眞跡。

1 豐富的內容

涵蓋1920年到1990年代的台灣重要文學作家的短篇小說以作家個人爲單位，一人以一册爲原則。縫合戰前與戰後的歷史斷層，有系統地呈現台灣文學的風貌。

榮譽出版發行／
前衛出版社

楊雲萍 張我軍 蔡秋桐 合集

台灣作家全集
短篇小說卷

召集人／鍾肇政
編輯委員／張恆豪（負責日據時代作家作品編選）
彭瑞金（負責戰後第一代作家作品編選）
林瑞明（負責戰後第二代作家作品編選）
陳萬益（負責戰後第二代作家作品編選）
施　淑（負責戰後第三代作家作品編選）
高天生（負責戰後第三代作家作品編選）
執行主編／洪米貞
資料蒐訂／許素蘭、方美芬、洪米貞
翻　譯／鍾肇政、鄭清文、李鴛英
編輯顧問／
（臺灣地區）：張錦郎、葉石濤、鄭清文、秦賢次、宋澤萊
（美國地區）：林衡哲、陳芳明、胡敏雄、張富美
（日本地區）：張良澤、松永正義、若林正丈、岡崎郁子、塚本照和、下村作次郎
（大陸地區）：古繼堂、潘亞暾、張超
（加拿大地區）：東方白
（歐洲地區）：馬漢茂（西德）
美術策劃／曾堯生

台灣作家全集

短篇小說卷

愛好藝術的楊雲萍伉儷

中學時代的楊雲萍

人人

第二號

卷頭辭

青年時代的楊雲萍及他創刊的《人人》雜誌

晚年的楊雲萍

楊雲萍和他的書房

楊雲萍與長子恭威、長女貞貞

楊雲萍與文友合影（第一排左一郭水潭、左二連溫卿、左三林快青、左四黃啓瑞、左五楊雲萍、左六王白淵，第二排右二黃得時、右三吳濁流、右四廖漢臣、右五吳瀛濤，第三排右一呂訴上、右二龍瑛宗、右三王詩琅）

青年時代的張我軍

少年時代的張我軍

張我軍與羅心鄉

一九二七年春，張我軍（坐中）與台灣在北京留學之同鄉洪炎秋（坐右）、吳敦禮（立左）、宋文瑞、蘇薌雨等創辦《少年台灣》月刊

一九二九年張我軍（中立黑衣）與同學何秉彝、俞安斌、葉鳳梧、戚維翰等十二人成立文學社團「星星社」（後改名「新野社」）合影

約一九五〇年，張我軍（坐右起第二人）率合作金庫棒球隊遠征寶島南部，光誠、光樸兩子（身旁及後排右立）同行。

蔡秋桐

蔡秋桐發表於《台灣新民報》的〈放屎百姓〉只登上篇，下篇被開天窗，僅留篇名

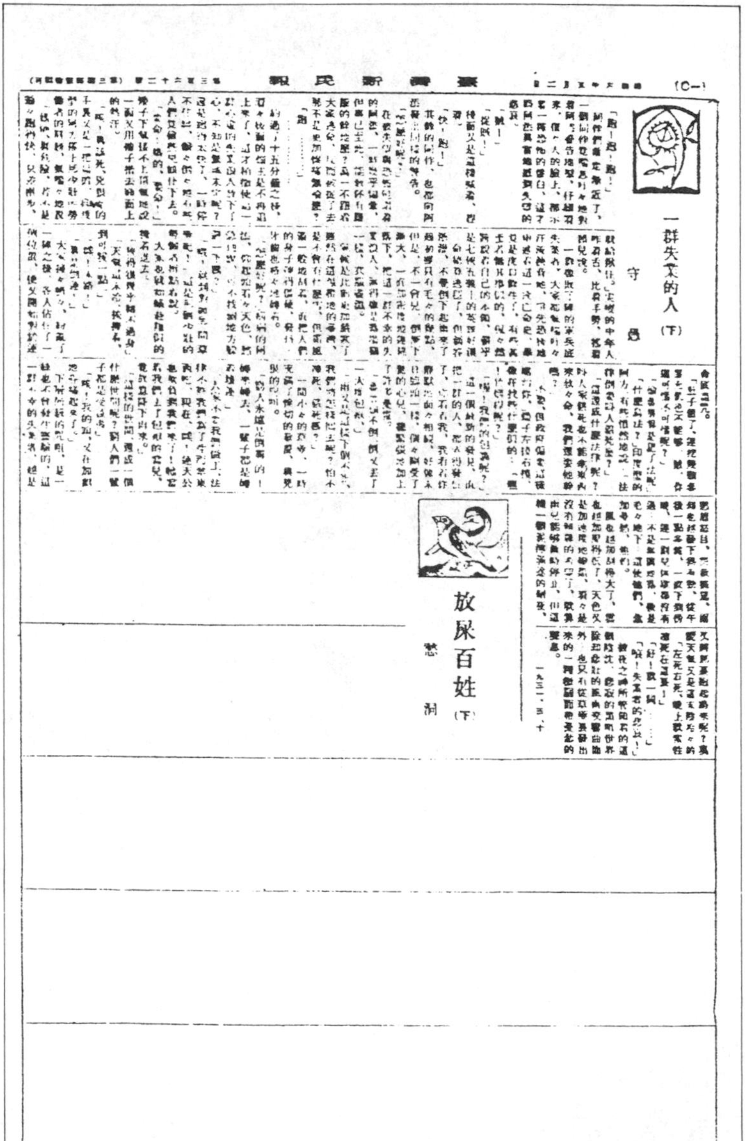

蔡秋桐八十歲

出版說明

《臺灣作家全集》是臺灣新文學運動以來最有意義的選輯，也是臺灣文學出版上最具示範的創舉。全集係以短篇小說爲主體，以作家個人爲單位，涵蓋一九二〇年至九〇年代的重要作家，縫合戰前與戰後的歷史斷層，有系統地呈現了現代文學史上臺灣作家的精神面貌。

在內容上，包括日據時代，由張恆豪編選；戰後第一代，由彭瑞金編選；戰後第二代，由林瑞明、陳萬益編選；戰後第三代，由施淑、高天生編選。全集計劃出版五十冊，後每隔三年或五年，續有增編，一人以一冊爲原則，戰前部分則因篇幅不足，有二人或三人合爲一集。

在體例上，每冊前由召集人鍾肇政撰述總序（文長兩萬字，首冊爲全文，其它則爲濃縮），精扼鉤畫出臺灣新文學發展的歷程、脈絡與精神，並由各集編選人執筆序言，簡要介紹作家生平及作品特色；正文之後，則附有研析性質的作家論，及作家生平寫作年表、小說評論引得，期能提供讀者參考。臺灣面臨歷史的轉捩點，瞻前顧往之際，本社誠摯希望能對臺灣文學的出版、推廣、教育及研究上有所貢獻。

台灣作家全集

短篇小說卷

緒言

鍾肇政

時代的巨輪轟然輾過了八十年代，迎來了嶄新的另一個年代——九十年代。

發軔於二十年代的台灣文學，至此也在時代潮流的沖激下，進入了一個極可能不同於以往的文學年代。

然則這九十年代的台灣文學，究竟會是怎樣的一種文學？

在試圖回答這個問題之前，我們似乎更應該先問問：台灣文學又是怎樣一種文學？

曰：台灣文學是台灣本土的文學、台灣人的文學。

曰：台灣文學是世界文學的一支。

倘就歷史層面予以考察，則台灣文學是「後進」的文學：比諸先進國的文學，即使是近鄰如日本，她的萌芽時期亦屬瞠乎其後，比諸中國五四後之有新文學，亦略遲數年。

只因是後進的，故而自然而然承襲了先進的餘緒，歐美諸國文學的影響固毋論矣，即日本文學、中國文學等也給她帶來了諸多影響。易言之，先天上她就具備了多種特色集於一身，因而可能成爲人類文學裏新穎而富特色的一支——當然這種說法恐難免落入過分單純化機械化的發展論，未必完全接近實際情形。事實上，一種藝術的發芽與成長，土地本身的人文條件與夫時代社經政治等的變易更動，在在可能促進或阻礙她的發展。證諸七十年來台灣文學的成長過程，堪稱充滿血淚，一路在荊棘與險阻的路途上踽踽而行，備嘗艱辛。

職是之故，若就其內涵以言，台灣文學是血淚的文學，是民族掙扎的文學。四百年台灣史，是台灣居民被迫虐的歷史。隨著不同的統治者不同的統治，歷史上每一個不同階段雖然也都有過不同的社會樣相與居民的不同生活情形，而統治者之剝削欺凌則始終如一。七十年台灣文學發展軌跡，時間上雖然不算多麼長，展現出來的自然也不外是被迫虐被欺凌者的心靈呼喊之連續。

台灣文學創建伊始之際，我們看到台灣文學之父賴和以文學做爲抗爭手段之一的筆跡。他反抗日閥強權，他也向台灣人民的落伍、封建、愚昧宣戰。他身體力行，諸凡當時的抗日社團如文化協會、民衆黨和其後的新文協等，以及它們的種種活動，他幾乎是每役必與，並驅其如椽之筆發而爲〈一桿稱子〉、〈不如意的過年〉、〈善訟的人的故事〉等小說與〈覺悟下的犧牲〉、〈南國哀歌〉等詩篇，爲台灣文學開創了一片天空，樹立了不朽典範。

中期，我們又有幸目睹了台灣文學巨人吳濁流之出現。第二次世界大戰進入最慘烈階段之際，在日本憲警虎視眈眈下，吳氏冒死寫下《亞細亞的孤兒》，戰後更在外來政權戒嚴體制的獨裁統治下，他復以《無花果》、《台灣連翹》等長篇突破了統治者最大的禁忌。他不但為台灣文學建構了巍峨高峰，還創辦《台灣文藝》雜誌，創設台灣第一個文學獎「吳濁流文學獎」，培養、獎掖後進，傾注了其後半生心血，成為台灣文學的中流砥柱。

七十星霜的台灣文學史上，傑出作家為數不少，尤其在時代的轉折點上，每見引領風騷的人物出現，各各留下可觀作品。此處暫不擬再列舉大名，但我們都知道，在統治者鐵蹄下，其中尙不乏以筆賈禍而身繫囹圄，備嘗鐵窗之苦者，甚或在二二八悲劇裏飲恨以終者。以所驅用的文學工具言，有台灣話文、白話文、日文、中文等等不一而足，蔚為世界文壇上罕見奇觀，此殆亦為台灣文學之一特色。日據時，曾有「外地文學」之稱，輓近亦有人以「邊疆文學」視之，唯她既立足本土，不論使用工具為何，其為台灣文學則無庸否定，且始終如一。

不錯，七十年來她的轉折多矣。其中還甚至有兩度陷入完全斷絕的眞空期，其一為戰爭末期所謂「決戰下的台灣文學」乃至「皇民文學」的年代，以及戰後二二八之後迄國府遷台實施恐怖統治、必需俟「戰後第一代」作家掙扎著試圖以「中文」驅筆創作、接續斷層爲止的年代。一言以蔽之，台灣文學本身的步履一直都是顚躓的、蹣跚的。到了七十年代，鄉土之呼聲漸起，雖有鄉土文學論戰的壓抑，反倒造成台灣文學的欣欣向榮，入了八十年代，鄉土文學不僅成爲文壇主流，益以美麗島軍法大審之激盪，衝破文學禁忌成了不可遏止之勢，於是有覺醒後之政治文學大批出籠，使台灣文學的風貌又有了一變。

八十年代已矣。在年代與年代接續更替之際，正如若干年來每屆歲尾年始，報章上總會出現不少檢討與前瞻的論評文學，也一如往例悲觀與樂觀並陳，絕望與期許互見。有一明顯的跡象是嚴肅的台灣文學，讀者一直都極少極少，在八十年代末期的消費社會、資訊多元化社會以及功利主義社會裏，文學的商品化及大衆化傾向已是莫之能禦的趨勢，於是當市場裏正如某些論者所指摘，充斥著通俗文學、輕薄文學一類作品，純正的文學乃又一次陷入危殆裏。

然而我們也欣幸地看到，八十年代末尾的一九八九年裏民主潮流驟起，舉世爲之震動。繼六四天安門事件被血腥彈壓之後，卻有東歐的改革之風席捲諸多社會主義共產國家，連蘇聯竟也大地撼動，專制統治漸見趨於鬆動的跡象。(草此文之際，世人均看到蘇俄首任總統終告產生。）這該也是樂觀論者之所以樂觀之憑藉吧。

不錯，新的人類世界確已隨九十年代以俱來。即令不是樂觀者，不免也會睜大眼睛看著世局之演變並對它有所期待才是。而九十年代台灣文學，自然也已是呼之欲出！君不見繼八九年年尾大選、國民黨挫敗之後，台灣的民主又向前跨了一步，即令有第八任總統選舉的權力鬥爭以及國大代表之挾選票以自重、肆意敲詐勒索等醜劇相繼上演於國人眼睜睜的視野裏，但其爲獨大而專權了數十年之久的國民黨眞正改革前的垂死掙扎，彰彰在吾人耳目。

在九十年代台灣文學即將展現於二千萬國人眼前之際，《台灣作家全集》（以下稱「本全集」）的問世是有其重大意義的。過去我們已看到幾種類似的集體展示，計有《日據下台灣新文學》（明集，共五卷，明潭出版社，一九七九年三月）、《光復前台灣文學全集》（八卷，後再追加四卷，遠景出版社，一九七九年七月）、《本省籍作家作品選集》（十卷，文壇社，一九六五年十月）、《台灣省青年文學叢書》（十卷，幼獅書店，一九六五年十月）等四種。無獨有偶，前兩者均爲戰前台灣文學，後兩者則爲清一色戰後台灣作家作品。而其中，除最後一種爲個人結集之外，餘皆爲多人合集。值得一提的是後兩者出版時，白色恐怖仍在餘燼未熄之際，前兩者則是鄉土文學論戰戰火甫戢、鄉土文學普遍受到肯定之後，因此可以說各各盡了其時代使命。

本全集可以說是集以上四種叢書之大成者。其一，是時間上貫穿台灣新文學發軔到晚近的全局；其二，是選有代表性作家，每家一卷，因而總數達數十卷之鉅，堪稱自有台灣新文學以來之創舉。是對血漬斑斑的台灣文學之路途上，披荊斬棘，蹣跚走過的前輩們，以及現今仍在孜孜矻矻舉其沉重步伐奮勇前進的當代作家們之獻禮，也是對關心本土文學發展的廣大海內外讀者們的最大禮物。

（註：本文為《台灣作家全集》〈總序〉的緒言，全文請看《賴和集》和《別冊》。）

目錄

楊雲萍集

台灣作家全集

詩般的美感與深意
——楊雲萍集序

張恒豪

楊雲萍，本名楊友濂，筆名有雲萍、雲萍生，一九〇六年十月十七日生，臺北士林人。祖父是舊式文人，父親在後壠行醫。一九二一年，考入臺北州立第一中學，與日本人「共學」，其間在益友江夢筆家中，讀到中國大陸新刊雜誌，如《小說月報》、《詩》、《東方雜誌》受到了影響。一九二五年三月，與江夢筆合辦《人人》雜誌，爲臺灣第一本白話文學刊物。創刊號上，以十九歲之齡，迻譯印度詩人泰戈爾散文詩〈女人呀〉，可說是臺灣最先譯介泰戈爾作品的第一人。一九二六年，東渡日本，先後在日本大學文學部、日本文化學院大學部文科修習文學，先習英文學，後轉入日本文學，受到了菊池寬、川端康成兩位大師的薰陶，其中文小說都發表於此時。中日戰爭期間，曾參加第二回「大東亞文學者大會」，日文小說〈部落日記〉在《新建設》雜誌連載，惜未刊完，倒是日文詩集《山河》在一九四三年出版，雖祇印了八百部，却受到文壇的重視，其詩人令譽即由此而來，戰後，在上海的范泉曾擇其中二十首譯成中文，發表於《文藝春秋》轉介到中國大陸，楊氏的得意門生林瑞明有論文〈山河初探—楊雲萍論之一〉，針對其詩有精闢研析。

一九四五年後，他歷任《民報》主筆、《臺灣文化》主編、編譯舘編纂組主任、文獻會委員，以及臺大、東海、文化等校歷史系教授，專書出版則有《臺灣史上的人物》、《南明史之研究》，和史學文獻論文數百篇。

他的短篇小說，已知的有九篇，分別是〈月下〉、〈罪與罪〉、〈光臨〉、〈到異鄉〉、〈弟兄〉、〈黃昏的蔗園〉、〈加里飯〉、〈秋菊的半生〉、〈青年〉。除有新詩集《山河》外，另有舊詩集《吟草集》。

基本上，楊雲萍是個詩人，他也以詩人的知性及感性來處理小說。艾略特說，一個詩人假如在二十五歲後仍打算繼續寫詩，就決不能忽略歷史的眼光。其實，未滿二十歲的楊雲萍，即以早熟的歷史眼光，來觀照二〇年代日據下的三大問題—警察問題、製糖會社問題、婦女問題。對於輾轉於生死邊緣的勞動者及弱女子的悲慘命運，懷抱著不可言喻的悲憫，並以詩的藝術性手法，賦予它深刻動人的題旨。比如同是反映當時的警察問題，楊雲萍切入的角度與觀點，便與賴和、陳虛谷、楊守愚有所不同，他實寫保正的逢迎獻媚，虛寫警察的嚴威背信，正面批判的是臺灣人拍馬屁的行徑，側面嘲諷的却是統治者作威作福的心態，正因是側鋒故其殺傷力特別大；在美學上，這些小說都甚精緻含蓄，尺寸之幅，却有深邃之觀，不煽情，不落言詮，却包藏著極強烈的批判張力，具有凝煉的美感和蘊藉的深意。〈光臨〉、〈黃昏的蔗園〉、〈秋菊的半生〉是他的代表作，尤其是〈秋菊的半生〉，夢境與現實的交融、有如電影映象的疊映流動，運用現代小說中意識流的節奏，予以人物心靈世界的透視，在小說技巧上有其實驗性和先驅性，是二〇年代不可多得的珍品。

月下

「兒呀！汝也眞自專呢？那麼S校H的容貌如何，又那K校B的品行如何……這回的又說是麼無中等的教育。汝眞是自專！再想想一回罷——。妾也已經過了四十……。」

靜靜輕輕的上弦月光，把那掛著 Curtain 的玻璃窗外的柘榴和傍邊的夾竹桃的影，做的明細，做的濃紫，做的短短了。

沉默——十五秒——三十秒——四十秒——。他的理智漸漸占到勝利了——，同情母親的心情，和那雖然無中等教育也能的——自己辯護，使他的理智占了勝利。然而無條件的，還有些兒不甘的田地呵——。

沉默——二十秒——三十秒——。從那像著岩石的腦袋，壓出來一句，「兒——，和E君會他一會，看他一會。那時……」剎那！羞恥、不滿、好奇、和覺得自己在那優越地位的喜悅所釀成的變態意識從他的如漆的眉、嘴、耳朵、手、足流來流去！他的母親臉上所現出來的優柔、崇嚴的微笑，和那唧唧蚯蚓的韻，就是占領他的知覺的全部了。

雖是天崩地裂，他也不能斷絕那個事情。過于將自己的高，過于自負的苛責，和那對于因襲，恐有些兒必然的存在的認識，眞是使他不堪的很。爲了懺悔他的自己所爲，他把昨天的情景，再畫出來他的腦袋中……。

像著臨陣的將軍——故意的服裝——同E君于A火車站下車。一步一步向他的房屋前面揚揚進去。隱隱見了一位娘子在那——。無少些兒戲弄的顏色，E君笑微微說：「實在對兄說，我母親已經把兄要看她的事情告訴他們了。哈哈！會的好會的好。」瞬後，像著電光、羞恥、感激、後悔所鑄成的一大鐵鎚，把頭上打來的好利害！看她、玩她，如玩物玩她，血潮暴漲，呼吸止了，眼的也不明了，愈努力要仰視，愈陷落苦楚地獄了！

幾刻後，悚然認識冷汗淋漓的自己已經在過了他的房屋數十步的地方——回家。母親問的如何？如何？我自己有何等的權利麼？我們男性，那有獨占了優越的理由麼？我既是人，她也是人！

太陽沒了，雀兒的聲音也寂了。柘榴、夾竹桃成墨繪。他把凭著的安樂椅子，盡力撞了三回……

「弟知道了。弟爲兄賀，弟爲兄祝。——成就了純潔的戀愛！Shncer Hcsbert氏把構成戀愛的成分分析的時候，內中有一條說：『想起種種滿足自己的事情。』——是！兄雖未會了她，未見了她。然想起她種種對兄的行動，感激、同情、滿足——。弟爲兄賀，爲兄祝。」

橋下如油的水，溶了十九夜的月光。大屯、七星靜靜寂寂。吹來一陣的清風，帶著自北投至臺北的最終火車的縷縷餘韻……

這篇小說，不是弟的自敍。是從吾友K君得了Hint。弟把他心理、想像想像一回，大膽就成了這篇。所以描寫心理處，難免無越人談氷之誚。然而弟也不是小說家，也不是文章家，又對於人生觀未有十分的定見。（慚愧慚愧。弟現在，在過渡時期，在懷疑時代。）況弟現時的思想也有和這篇異樣的地方。然再想起來，小說既是縮寫、表現人生萬有實在的創作，（不是心醉自然主義的說法）也不能盡把我們的理想眼光來解決他。至其字句不當處，（弟研究白話文的日子，實是很少。）望諸兄姊們教正就是了。

——本篇作於一九二四年五月四日夜，原載《臺灣民報》第二卷第十號，一九二四年六月十一日出版

罪與罪

「我看汝是做親生的，親生的兄弟，所以敢……是……汝試再想一想。若……那是……」

一陣的狂風，撼著那玻璃窗，烈烈的聲音時時遮斷他們二人的會話。

油燈，這座雖非壯觀，却也似中流階級的住宅而點油燈，也就可以證明這座住宅，是在那物質文明的手，些不到的地方——田村——了。這油燈被那狂風的餘波，乍明乍暗。然而反適合這傳道、說教的崇嚴、純潔之小聖堂—映著一個年紀四十左右的，和一個二十二一的青年。

那年紀四十左右的對那青年，似勸戒他，似教訓他，似懇求他，或時似恐喝他，從容、熱烈地把他的言語吐出，溶化在這崇重大氣中。自傲慢、似有些反抗的態度，漸漸覺著良心的苛責，而至從順。自從順似被這聖潔的大氣所滲透，漸漸似將至于反悔的地方。那長的似覺著那青年的心理狀態，似有可乘的機會，再繼續說：「是，汝的義俠之心肝，實在令人可敬的，然而汝不見那專諸的事哩？他的母親在時……」長的他雖然知了那青年是個蠻勇，全憑暴力非爲。然而料到這青年心理，知把他賞贊一句——順他一句而後再勸戒他是上策，所以他對那青年似故意表出贊賞之眼色。瞬間，那青年在他的耳朵較短、圓形的臉面上現出得意之貌，然而這時的他，和二刻前的他，已是近于別人了。

他對這義俠，他自己的義俠行爲，回想一回，似覺他自己所謂義俠行爲，不過是立脚於小主觀的見解，——替那人把那人打毆的那樣利害，——爲那事把人——、揚揚得意在某酒樓——喝酒——。他忽似在吃飯時，突然嚼著石粒時之感覺，滿身的細胞冷固收縮起來，把那被惡魔所遮蔽的天所賦的羞恥——含有對眞善美探求之努力——的本性大放出光明了。然而由反悔地方將至決心的地方，他忽然思及他的將來，怎樣去生活？否，怎樣去生存？他似感著一個的大疑問，他近於憤慨的調子說。

他說的大約如此：月前，他也有一時，雖不像今日的自覺自己的罪惡如此徹底，忽生起戀著家鄉之思，馬上就決意要回家和他的兄弟同耕同勞，來孝養他的白髮雙親。然而是麼他初初入到他的家中，刹那，像著平靜如鏡的池中，投入大石一般，罵的罵、唾的唾，不是白眼，便是側目，雖是最愛他，愛這末子的母親也不應他一句，他雖是忍了幾天，然而吃的是烏面飯，入耳的是譏笑咒詛的聲音，講甚末片刻之愉快哩？自此，他也看破了，自暴自棄，再出放蕩，所以……

說畢，像雨般的涙滴滴在那這秋季尚穿著夏天衣服——暹羅絨——的襟前。再說，「我非不戀著家鄉，然而今日這樣……」

壁上時器，忽然告訴他們時已夜半了，那四十左右的聽完那青年的告訴，似受著無量的感慨、衝動、刺戟，然而這時不得不將他自己的情感隱蔽帶些威嚴說：「這難道不是汝的自作自受哩？所以……」

依舊，又是來了一陣的狂風烈烈，玻璃窗又是一響，把那四十左右的話又遮斷去了，油燈明暗，然而這似送他們二人到天堂的天使之輕盈舞蹈的影兒呢！

——本篇作於一九二四年十月二十八日夜，原載《人人》創刊號，一九二五年三月出版

光臨

一

保正林通靈他太高興極了！

左手提著包裹著一罐螺肉、二兩干貝、一斤麵粉、半斤米粉的包巾。右手垂下八角銀的豚肉、二尾赤鯮魚、一把葱和芹菜。

他在腦海中畫了這樣的幻影——

「保甲〔註二〕民很多很多的中間，那警部大人〔警察分局長〕威嚴地坐在那兒。……我到了，就向他——大人行禮，他就親密地對我返禮，並且說林通靈，椅、坐、好……那時，很多很多的他人的奇訝，歆羨的眼睛兒……。」

「……不但如此如此，或者……。」

他覺得太光榮了！他覺得這K庄的人民有誰比他較得著信用，較有勢力！心滿意足，他忽然地微笑起來。

漏過路旁的苦楝樹的殘照，和歸時的幾羣白鷺相襯，把通靈的包巾、赤鯮魚、豚肉、芹菜等和灰墨色霜降布的衣裳，都染成銅赤色，飄揚在這一陣陣的晚秋風中。

二

「伊田警部大人要來哩！把這魚肉快去料理。快！快打掃，那神桌頂要整頓的好。前日我買同來的酒杯拏（拿）出來應用呢！」

「說什麼時節要來的？」

他的老婆這樣問他。

「七點左右！大人說今兒的天氣太好，所以要來這裏運動運動。」

註一：保正，清代地方官制，十戶爲牌，立牌長；十牌爲甲，立甲長；十甲爲保，立保長，亦稱保正。由士民公舉誠實識字及有身家的人來充任，專司查報作姦犯科，及戶口遷移，登耗諸事。請參閱清通考、戶口考。日據時期，那怕你是阿貓阿狗，祇要會鑽營、會奉承、懂得拍馬之道，則愈有被選上保正的可能，此從蔡秋桐的小說〈保正伯〉，即可窺悉。

看牛的阿木也被命掃庭了。做長工的惷水伯仔，已將厝角（屋角）的幾塊破土角（泥製的土塊），擔去厝後的糞堆邊了。通靈滿握一丸的破布，精勤精勵地正在拭洋燈的煤煙。

「沒有酒麼？」

這就是他的老婆從庖廚裏走出來說的，伊的左手牛把的葱。

「啊！是，阿木！阿木呵，去能叔仔的店仔，買二矸（瓶）老紅酒，四角三，二矸——八角六。天黑了，要注意些！」

洋燈點起來了，幾月來未嘗打掃的洋燈，今夜眞是放出特別的光彩。「神默佑矣自有長春」云云的觀音媽聯（觀音菩薩神位兩邊的對聯），異樣鮮明。

三

「來了，一定！」

「烏龍！吠什麼！」

他故意裝著冷靜，步出正門。

「二矸八角六，找角四。」

這却是阿木的聲音。

「什麼？」

「還未來嗎？能叔仔店裏的時鐘，已經七點半了！」

「家裏的方才打七點哩！」

「家裏的要慢半點。」

「實在？」

他漸漸覺起不安了，他再把伊田大人和他所約束（約定）的情景，畫出腦袋中。但是伊田大人和他的約束，是明而又白！

「把保正燈點來吧，我來去路上一看。」

四

被夜的黑幔罩籠著的萬物，呈出深刻的沉寂。唯有蒼穹上的明滅繁星，斷續地蚯蚓的唧唧。

「這就奇啦！……怎麼沒有隻影！」

他已經行了好千餘步了。

「……或者一定是有什麼緊事，以致這麼遲延？」但是他又自言自語道：「明明說今天是他的休暇日……。」

五

「呵，通靈兄！上那裏去？」

「……汝們倆有看見伊田警部大人沒有？」

「像沒有的。」

「伊田大人嗎？我先前在……是！今兒正是陳開山的請酒的日哩！大人在那兒……。」

蚯蚓的唧唧是悲哀的調子，繁星的明滅是悽愁的象徵！

林通靈掃興極了！懊喪極了！

「很寒冷！」

他戰了幾下，走到家裏，沒氣力地坐在整齊地排著碗、箸、碟，數日前買來的燦爛酒杯的桌子邊，大喊道：

「哼，哼！×××！來，惷水伯仔也來，阿木也來！來拏來吃的一肚飽！」

連續把老紅酒喝了好幾杯，悲壯地苦笑這樣說：

「費了三塊好多！——但却是不打緊的。」

——本篇作於一九二五年十二月二日夜，原載《臺灣民報》第八十六號，一九二六年一月一日出版

到異鄉

其一

拏出二角銀子給了「赤帽」，帶些不安和愼重的心理狀態，而似近於神經過敏般的，找了一客身的坐位，他方輕輕地吐了一個歎息，他方覺著肚裏的飢餓，同時又感著全身的可怖的疲倦。四個晝夜沒食了半粒的粟，暈了又暈的他，船八點入門司，隨時又不得不搭九點四十的往博多的急行火車。

其二

「人生的幸福在那裏?……呵呵!爲著一紙的文憑，和慈愛的父母弟姊相離，和幾多畏敬的心友相別，和那山川草木，更和那幾多帶不得來的書籍雜誌相分開……。」

「我那双溪溪頭的幾畝田園豈不是足以耕作！我那双溪溪流豈不是足以游釣！我那習靜樓上的舊書豈不是足以披讀！……這時？——呵，八點半！每當這時刻，正是同母親在耽於晚飯後的談話的時刻！雖然，今兒的這刻呢？伊和弟妹們的談話一定是把我做話柄的！而父親恐也已經再到K庄去了……。」

「H・H女士呵！且諒我吧！我懂的，我懂的你所憐我的苦衷！所憫我的好意！……那一天——『Y・Y君！你要回去呢？請你們來我家裏遊一遊吧！』你看見四圍沒有人兒，就放膽向我談話起來。是呀！那是去月的十八號你從四點三十六的火車下來的那時…。我在前就聞及許多的什麼富豪的子侄希望和你婚約，許多什麼翩翩佳公子在戀想你。更意識著你對我有一片憐憫的心情，且時時在覓要對我表出你自己的心衷的機會的！

可是這樣的社會制度，這樣的家族制度是要使你負了千重的苦楚了！我實在過於赤裸裸地目擊人們太用自己的便宜，自己的小主觀來判斷四圍的事情——如把異性的無心的一瞥、無意的一笑，解說做是對於自己有意有情的。

然而，你的對我的舉動，我實不能持著『視同路人』的態度了。那末，我何以對你故意——是，故意表示冷淡的態度呢？別有所戀？——不、不！不識愛情？——其奈恨人何！有所不足？——這當然是個比較的問題哩。

我們要明白在這樣社會制度、家族制度的裏面，要說什麼自由戀愛是近於不可能的，何況是在想要實行！只可在這界限內盡我們的力量來做個最大限量的而已！我抱著『××未成，奚以家爲！』般的態度，在待咱們的時機——自由的小鳥兒高唱，正義的花卉盛開的時！但是，但是，現在呢？我和你相離一在這渺茫大海間了！我自己也想不到這麼匆惶裏離開臺灣，呵！時機？……

H・H女士！你或者還不懂的我已離開臺灣，而在奇訝地思想著：『Y・Y君爲何今兒又不從這條路經過去？』……」

他在那船內三等席上，一面在吐那膽汁和胃液，一面在想他的故鄉，思他的父母，戀他的可憐的女朋友。

囂囂地響的火船的機器的聲音同波聲相和，把他的神經惱碎做千萬片子！他拭了淚又拭了淚，自己驚著自己的何以這樣沒志氣，這樣灰心，而境遇的怎麼會移人，環境的怎麼會影響到人們的精神方面！

但他因爲對付這般的苦悶和無聊，勢不得不藉這沒志氣，灰心的追思和亂想來自慰呢！

其三

「你從那裏來的？」自叫做B車站搭的，而坐在他的傍邊的一個洋裝的胖紳士這樣問他。

「從臺灣來的。」他很沒氣力地這樣答應。但却是明瞭的口調。因這九州的三月中旬的大氣和景色——和臺灣完全異樣的大氣和景色，實是與了他的好奇心以一部分的滿足，和給了他的視覺、味覺、聽覺以一部分的別種風味了。他漸漸覺回復自己的神彩。何況這時又是解放自船裏地獄的！他忽然想起在門司車站買的生牛奶還殘留半瓶。乃將包裹打開，滿吸了半瓶的牛奶不使留下一滴。一陣溫香東西從食管輕柔地落下去，腹裏冬冬地一響，他覺著異常的快感。

——本篇原載《臺灣民報》第一〇一號，一九二六年四月十八日出版

弟兄

一

「……因一時忘掉的。」他半辯解般的這樣說。

「不，不，你是故意的。你自己每天買了那麼多雜誌呀、書籍呀、報紙呀……。我要買一册你就說忘掉！」他的兄弟欽文似很不願的這樣答應他。

他自知忘掉買安徒生童話集，是對欽文不住，但他自己以爲不是故意的，況且又對欽文說出近於辯解的許多言辭。所以他再這樣說：

「Baka ne（日語譯音，混蛋），你還不了解嗎？買書是一件頂好的事，我那裏有阻你的呢！」

「是、是，你是故意不買給我的！哼、哼……」欽文愈現出近於憤怒的氣色。

二

「隨你的意吧！」他半覺著可惱，半覺著可笑，把窗兒一推，將上半身伸出窗外。他的眼睛瞧不瞧地（隨意地）向著夜裏的東京市——夜裏的東京市，却脫不盡白晝時的喧囂，幾多電燈在黃塵濛濛裏，車馬轟轟裏明滅。

「什麼隨我的意，只顧自己的壞東西！前天你要我去買什麼麵包，我買的些不合你的意，你就罵我！哼……」欽文將他的案上的雜誌報紙等，一併擠下來。

「好！」他本能的躍進欽文那邊，要拏住欽文。然而欽文已經跑下樓下去了。幾分後，放肆的哭聲，在樓下振動這夜裏的大氣。

「不要哭！我明天就買給你，隔壁的人們也要睡啦。」

但是欽文老是不住的哭。

「念什麼書！」

「來這兒東京做什麼⁉」他半自棄地這樣自言自語。

一面整頓那被擠下來的雜誌報紙等，一面追想在臺灣家裏時的情景——小溪裏的摸魚，竹仔山的吃龍眼，晚飯後的談笑等。

三

「呵，十二點了嗎？」

他瞧著壁上的時鐘，疲倦地離開圓椅子，關下窗兒，慢慢地走下扶梯。

欽文已經睡得不知天地了，把被單踢在一邊。一副鈴般的眼睛輕輕地合著，微紅的雙頰還留下淚痕。薄汗衫的扣子沒有扣上，露出豐柔的胸坎來。

「呵，不成，要感著寒！」

他已經完全把先前的風波付之流水了。微笑說：

「我叫你不要哭，而你要哭。」

仔細地，拏上被單放在欽文的腹上……

——本篇作於一九二六年八月十五日，原載《臺灣民報》一一九號，一九二六年八月廿二日出版

黃昏的蔗園

一

一望的蔗園，大半被染成陸離的赤銅色。——赤銅色的夕陽，無言裏，悄悄地半沉在蒼紫的獅仔山。初秋的冷風刮得半陣蔗葉沙沙蔌蔌的響。

「唉！……喲！……」

桂蕊悲痛地歎了一息，匆惶地把剝下來的枯蔗葉集起來，要捆成一塊兒。她的面龐，雖不很似這外國種的蠟蔗那般的青黃色，但她的雙手，已是憔悴到非這直徑一寸半多的蔗莖之可比了。

「十五日了！」

桂蕊忽這樣自言自語。

「……初七的下晡〔下午〕同吳伯伯被大人〔日據時期台胞對警察的稱呼〕拏去……初八、初九……今兒是廿一了！唉，整個兩禮拜了！」

桂蕊的淚珠兒從頰上滴落在蔗園的土塊上。然而這土塊因幾天來的旱，完全乾燥，所以她的幾滴淚珠兒，只是留下了幾個小小的痕跡而已。

「我們的或者要遲慢二十日，蔗葉不可剝的過光。」

「喲，這是因爲你沒有下了豆粕的緣故哩！」

「豆粕？那裏有什麼豆粕。因爲，哈哈，因爲你要耳環，要什麼……所以……」

文能半揶揄的這樣答桂蕊。桂蕊嬌然地，故意把圓形豐膩的面龐背著文能說：

「呵呵，討厭的。你什麼時候曾給了我耳環呢？」

她裝像很不願似的。

「哈哈……枉屈〔冤枉〕枉屈。」

文能一面這樣說，一面拭汗。

青春——貧的、窮的、賤的也有一時的青春，雖是很短，雖是很微，可是他們時常因有這一時的青春，得有一時得忘掉了勞動的痛苦，粗衣淡飯的無聊無味。

兩禮拜前他倆在這蔗園裏的說笑情景，歷歷地浮出桂蕊的眼前。

二

「豈有此理，豈有此理！難道我們永遠應該著做牛做馬嗎！不、不、決不！好，看他們能夠耀武揚威到什麼時候啊！」

文能打進入籬笆門，就憤憤地這樣說。

「堅強是不先定了價錢嗎？」桂蕊不安地這樣問。

「哼，堅強是要先刈甘蔗，堅強是要先刈！而且來了幾多的……。軟土深掘（臺灣諺語，強欺弱，得寸進尺），是哪，軟土深掘。」

文能拏出石麟煙包和卷煙的紙，卷了一支煙。可是他只抽了一口，就把那支煙擲在地上。一縷的煙，輕輕地昇上這土角屋（土磚砌成的房屋）的屋頂，似從茅草的隙間漏出屋外。

「吳伯伯沒有和會社（日語，公司，此指糖廠）商量商量了嗎？我們實在是窮的了不得的……。」

「商量？商量什麼！唉！」

文能吐出一個息。

「呵！是，今兒母親有爽快些沒有？」

「今兒早起（早上）啜了些泔糜（稀飯）。……又對我說要叫你不要鬧事，又是說自從你的父親死後，是怎樣的克勤克儉。幸得你長成到今年二十四，又得贌（租耕）得一二甲田……，萬事皆是命運，皆是前註（前生註定）的……。」

「命運？鬧事？……唉！鬧什麼事！……是，阿財再有來說什麼？」

他的較濃黑的眉尖一鎖，這樣說。

「八點左右來的，說至遲也要在來月（下個月）初，付他應用。」

文能低頭了一會。

「我來去吳伯伯的那兒走一趟罷。」

「咦，用午飯！飯已……。」

「不要。」

文能跑出門，跑了好幾步，又跑回吩咐桂蕊說：

「對母親要較仔細奉待……。」

三

四周已是暮色蒼然了。抱流在這蔗園東南邊的崁仔溪的潺潺水聲，鮮明地流入人們的耳朵。

桂蕊負著一捆的枯蔗葉，疲倦地向歸途走去。

「命，命，命運！」

「前註的，是前註的！」

但是她又再這樣思想：

「……可眞是命運嗎？」

然而結局她也只是歸於命運了。

路旁初秋的蟲們的歌唱，隨著天上繁星的閃爍而愈急。

——本篇作於一九二六年九月十八日東京，原載《臺灣民報》一二四號，一九二六年九月二十六日出版

加里飯

上

「又是四十元！」

聽著一聲「掛號」的郵差的叫聲，宛然似在灼熱、迷茫的沙漠當中，聽到「快要到綠洲 Oasis 了」的隊商 Caravan，感覺愉快、滿足和安慰。

用力把信封撕開，匆惶地拏出滙票一瞧，那刹那，先前的愉快、滿足和安慰，頓然地大部分消失，再加上著急起來。

「……『下宿料』二十六元，前月分的不足額九元半——因爲買雙皮鞋，學校費六元半，電車錢三元二角半……，二十六元，九元半，六元半，又三元二角半，……共四十五元二角半！還不是不夠五元左右嗎！……」

他對父親，說舊的已太陳爛，不得不買了雙新的皮鞋，所以這月要寄五十元來。

可是儼然地、無情地，展開在他的眼前的滙票，明確地記載著的是四十元！

「字諭吾兒知悉……近來吾臺之金融界大不佳，米價又落，租稅則一回加重一回，如吾庄庄稅比去年多四成。應酬亦甚繁雜，如粕原警部榮轉花去三元，松本校長轉任亦費去二元半等，故此月不能如汝之要求寄去，望吾兒要十二分儉約……。」

他把那封信擲在几上，懊喪地自語說：

「儉約？從那裏儉約起？——我浪費了什麼！既沒有……哼！……」

但他一時的，對於自己的父親的不滿和近於憤怒的感情漸漸地煙滅，他的頭袋裏，浮出爲一家十口，而日夜勞勞奔命的，一個愚直、忠厚、可憐的四十多歲的村紳的形態面容來。

「金融界大不佳！

米價又落！

租稅則一回加重一回！

應酬亦甚繁雜！」

——這些事情閃光般的來往他的腦裏。突然地思鄉的念頭如洪水的澎湃胸中。他半自棄地覆在几上，眼眶漸漸地熱起來。

這四疊半的日本式的室，除排著二三十册的書籍和舊雜誌以外，唯有他覆著的小几，在朝東的窗下的左邊。

「唉！」

悲憤、寂寞、不安，蛛網似的糾纏他的全身。

他從衣袋裏拏出票包，打開瞧一瞧。五十錢 Sen 的銀角一個，十錢的白銅圓三個，銅圓還有五六個。將滙票再收入信封內，藏在抽屜裏，草草地戴上帽子，踱出了「籐本下宿」。

東京市的大厦高樓，已經這兒那兒地點上電燈了。

十一月下旬前後的晚上，東京市街上吹的風已是寒冷的厲害，如在街燈光亮下，我們可以看出我們的凝白呼息。

下

Cafe Kin-no-hoshi

——金星咖啡店！

他已經放過了好幾處的咖啡店了。因要洩出這滿身的悲憤、寂寞和不安，他想跑入咖啡店裏。可是，他逛咖啡店的是很稀，而加以衛道心、自負心和羞恥心使他踟躕不決。

「……或是去找老許吧？」他自語。

「可是老許時常留守？」他想著。

「……那末，往T雜誌社看報吧？……但遠些。」

他愈悲憤，愈寂寞，愈不安起來了。

「入去罷！」他盯著「金星咖啡店」的招牌，停了一會才這樣決心。

放膽地把嵌上紅、青、紫、綠種種色玻璃的門推開，極力裝著冷靜進去。

「來喲——請坐！」

穿著肝色地，綠色花的日本姑娘的女招待，堆著滿面的笑容和嬌態迎他。比較街上的寒冷，這咖啡店是很溫和。

店裏的面積不很大，是矩形的。可是六張方桌排成二列，却不見什麼踽躋。放上二盤朱紅的蘋果的賬臺的隔一重幔的後方，是烹調處，時聞肉叉 fork 、刀 knife 或碟、皿的聲音。

他坐在右排的第二張桌，第一張已有兩個學生坐著，左排的第三張，有三個公司裏的用員般的裝束的坐著。

「要用什麼呢？」

「咖啡。」

他不自然地說。

「唔。」

女招待向烹調處喊道：

「Coffee one. —— 咖啡一。」

他偷般的瞧那兩個學生和三個公司裏的用員。他們正自在地和女招待戲謔。有的握她們的粉腕，有的抱她們的細腰。他感覺著他們像懂的他自己的根底——學費不夠的貧青年，被人征服的劣人種——般的，在愚弄他、嘲笑他。

「很冷喲，這麼天色！」

女招待似要尋找話題的微笑這樣說。

「啊。」

他只是輕輕地發出一聲。

「久待喲，對不住。」

女招待蹦蹦地走去拏著咖啡杯來，伸出潤白的玉腕放下盤杯。依舊坐在他的身邊，發出惱人的薰香。但是他覺著她們的微笑、嬌態是不得已的、是假裝的，是弱者求乞般的。

「姑娘們忙嗎？」

他不得已這樣問。

「喲，托蔭。」

他再不能說別句話了。只濛然地凝視著咖啡茶的輕搖紫色水煙。口角硬張而顫動起來。

「拏一盤 Rice curry 加里飯來。』

他的腹中還飽，可是爲破這沉默，只有這條路而已。

他一面義務似的一粒一粒地吃加里飯，一面再沉思過去、現在、未來的種種事情。

「……這月分費用的不夠，米價又落，租稅加重等！……」

他撮上那個五十錢的銀角，置在桌上。

「讀讀！再來喲！」

女招待再呈出媚態。

悲憤、寂寞、不安完全沒有洩出，反而愈鮮明地湧起來。

「唉！好！我們要怎樣做!?」

仰視天空，——蒼黑的天空，閃爍著無數的繁星。

「吁！……」

還沒有外套的他戰了幾下，沒有目的地，只是向電燈較光亮的地方踱進去。

——本篇作於一九二六年十二月十二日晚上，原載《臺灣民報》第一三八號，一九二七年一月二日出版

秋菊的半生

——謹將這篇呈在二年前愛護《人人》雜誌的同志諸兄

一

油鍋在熱煌煌地沸騰著……。

「可以罷。」

獰牙的牛頭青鬼，呈出滿足的獰笑，拏起鋼叉，剟著炸的油膩膩的肥馥女子的肉體，盛在鋼鐵盤。

「唔，這個却肥脆……。」

青鬼一面說，一面流著唾液吃。

青鬼吃完了這個女子的肉體了，打個呵欠，眼巴巴地向著囚著十數人的白裸裸的女子的鐵籠注視，再呈出滿足的獰笑說：

「那末，再炸那一個？」

二

痛——不是痛，癢——不是癢。秋菊只覺著自己的皮膚一陣陣地熱烘起來。她分不出這是在夢中，還是在醒著。但她對於郭太太的「婊子，土娼，日出到天中了，還在死睡著！」的怒罵聲，漸漸地聽得分明了。

「娘，娘，呵，娘呵！饒命，饒饒命！」

她突然地本能的這樣呼喊起來，雖然，她習慣地懂得她的淚珠和求饒的呼喊，是無法阻止笞竹的打下來的效果的。但是，這樣地呼喊和流淚，或可使她忘却幾分的苦楚悲痛。

「哈哈哈，沒有廟，看他們在那裏講演！那種的暴徒，本官不可不徹底的處理他！哈哈哈。」

山谷大人歸去的時刻，已是過十二點了。秋菊洗完了杯盤時，快要一點半。二月中旬的夜半，雖是這臺島的中部地方，却是很寒冷。秋菊龜著手，躺在竹牀裏，沒有感覺身體的疲倦的餘裕，死般的睡下去。

只是，睡到夜時，就像被什麼脅迫般的呻吟起來。

「前日的定金五十元，這百三十元，總共百八十元。十四歲，百八塊，論起來却也是……。」

媒婆一面說，一面卑劣地笑。

秋菊的父親默默地檢收鈔票。秋菊和她的母親，正在唏嘘地啜泣。秋菊穿著新裁的黑布褲，藍色的衣，淡略地抹著粉。夕陽快要下山了。

秋菊家裏的那隻黃牛，吒吒地在叫著。

秋菊和媒婆的影兒已不見了。

秋菊的母親抱著秋菊的弟弟，呆呆地站在門邊揩淚。

三

四

郭太太正在料理她的五寸的金蓮。

秋菊捧著盆水，飄搖的水煙，罩在秋菊的髻。

坐在郭太太的旁邊，抽著香煙的郭議員，突然地向著太太問：

「秋菊今年不是十七嗎？」

「是，十七了，這個賤人。」

郭太太沒有趣味地這樣回答。一剎那，郭議員突感著一種的衝動。他感覺著秋菊的爛熟的處女的肉體、肥馥的處女的肉體！

他感覺著自己的太太的皮膚色彩太蒼白了，肉體太沒有彈力性了。

不只如此，此想起秋菊的肉體，比醉仙樓的阿巧，別有一種的滋味。

五

郭太太乘著「人力車」去城隍廟的那一天，郭議員說頭痛沒有出門。

「秋菊呵，來，倒一杯茶來。」

郭議員和平地這樣叫。

「鐵觀音呢，也〔還〕是雪梨呢？」秋菊謹愼地問。

「什麼都好，什麼都好啊。」

「那末，鐵觀音？」

「好，好，什麼都好。」

秋菊端上一杯茶，入到郭議員的房裏時，郭議員忽把房門閂住。秋菊不知所措地驚惶起來，恐怖起來。

但於瞬後，她的全身，感覺著四十多歲的男人的粗暴的雙腕，和壞鷄蛋般的口臭。

「爺、爺、爺……。」

他一面掙脫著，一面要喊出來。可是她的唇已被塞住了。

「你喊！好，我就結果你的性命！」

郭議員喘喘地，微細然而嚴厲地這樣叱著她。

秋菊哭著，一面理著散亂的頭髮。

六

「你這婊子！你，你這賤人，土娼！死，死狗母還要，還要……。」

郭太太痛哭起來。她感著無限的侮辱，感著無限的憤恨。狂般的，向白裸裸地被捆在板櫈上的秋菊只是笞打。笞打到沒氣力時，只是痛哭，

——像自己被笞打般的。

已近黃昏了。

街路上，雜在賣冰淇淋的鐘聲，賣豆腐的呼聲，這兒那兒地響起來。

七

溪水滔滔地流蕩著。

眉月靜悄悄地照著下界。

秋菊想到她的母親，她的父親，她的小弟弟，她的幼時放牛的光景。她想到、想到、想到不能極的時候，突然，感著沒有一物值得想到的！她沒有悲哀了，也沒有苦楚了，也沒有戀慕了！她覺著滔滔的流水的可愛，——映著月光的滔滔的流水呀！她覺著滔滔的溪水，漸漸地向著她全身澎湃而來……。依舊地，靜悄悄地，眉月照著下界。

八

「那末，再炸那一個？」

獰牙的牛頭青鬼，指著口邊的油，輕輕地從鐵籠裏捉出一個肥馥的女子，猛然地擲下油鍋，——刺的一聲，油鍋起了一陣的油煙。

油鍋在熱煌煌地沸騰著……。

——本篇作於一九二八年六月十三日東京，原載《臺灣民報》二一七號，一九二八年七月十五日出版

青年

有個青年，感覺著，比他年多的，咖啡店的「夫人」（madam）的好意。而事實，那夫人似是愛好那青年的。

青年不是完全不懂得世間的紈袴子弟，也不是世上的所謂好色之徒。他過於眞摯了。他愛那「夫人」的淸楚的姿態，他憐那「夫人」的聰明的行動，他惜那「夫人」的境遇。所以他決心要誠意地受那「夫人」的好意，他想著，酬那「夫人」的好意是當然的。他是個受封建的男女觀念中毒的青年，但是，他時把這個觀念名爲再吟味，而用辯護他自己，做出反撥的行動。

是那一夜。青年，叫端上不很愛喝的曹達水（Soda-Water）來，隔三日他到那咖啡店。樓上很騷動，女招待們忙忙地搬著杯盤，似是很揮霍的客人在的。「夫人」如平日，對著他笑了微笑，然後整衣帶。青年想著，夫人因爲他來，所以整衣。他雖想到這樣的解釋法，是過於自己本位的，但是，他想起這「夫人」平時在路上看見他時，就匆惶地用手整那雲鬟的可憐的舉動，青年以爲這樣的解釋法，像不是什麼過於自己本位的。他想要淡白地正直地得意起來了。

不多時，「夫人」在壁上的鏡前刷著臙脂。青年覺著「夫人」很美，而想起像這樣嬌美的人兒，愛好著自己，青年又要得意起來了。他以爲，不多時，「夫人」一定如例到他的身傍來的。臙脂刷完了，「夫人」向青年一瞥，說聲，暫時失禮，婀娜地上了樓上。青年寂寞了。他努力要對這寂寞苦笑，可是，從樓上響下來的「夫人」和客人們的笑聲，使他的神經尖銳，不消說，這寂寞的影兒，要油然地擴大。

青年再想著，不多時，「夫人」或會下來的，所以他等著。五分十分，十五分地，時間已經過三十分了，「夫人」終是不下來。他付了曹達水的錢，出了咖啡店。——一面地，比較著曹達水的價錢，和麥酒混合酒的價錢。

是，青年的家裏或者不是很缺乏錢用的，假使要使用時，十數元的錢或者可以使用的，——青年僅僅這樣地想著，用以努力逃出這窮屈的感情。而且，事實，青年的倫理的觀念和理想主義的要素，不許他爲著要買女人的歡心，而使用金錢。

外面是很好的夏天的月夜，青年仰視著圓圓的月亮。

他回到寓所，似很疲倦的躺著。

青年用兩手強烈地抱擁著「夫人」，而求接吻，急促著呼吸，尖出未曾觸著女性的脣，——「夫人」似拗著身子，又似不拗著身子。

突然地，有個客人拉著青年，怒號著，你這廝膽敢對這「夫人」無禮。青年只瞧了他一眼，昂然地說，什麼是無禮的，「夫人」愛著我呢！如不信，可問她罷。青年用信賴的眼光盯著「夫人」。然而，那「夫人」妖嬌地微笑著說，那是你的不知羞呢！

青年覺著像蝦蟆的一敗塗地了，像被拋去在黑暗的曠野中了。他汪汪地湧出憤恨的眼淚。

——那是夢。

然而，青年想著，誰會斷言在夢裏有的，在現實是無的。現在，在夢中流的眼淚，豈不是這樣地濕著枕頭嗎！

青年以為一切是當然的，要嘲笑在這黃金的世上，求眞的愛情的自己。

但是，再想著，在這世上的何處所的一隈，有眞的愛情，也似不是什麼不當然的。

他寂寞起來，他寂寞。不知怎故眼淚又要滾出來。

窗外漂著蒼白的夜明的光線，青年靜悄然地凝視著窗外。

翌日的早上，青年想起夜裏的事情。

——情感的（Sentimental），過於情感的！

青年哈哈地大笑。

——本篇作於一九二九年七月廿四日早上，用日文稿於東京，同年，十二月十九日夜半譯成中文於歸里中，原載《臺灣民報》第二九四號，一九三〇年一月一日出版

楊雲萍及其小說

林瑞明

原名楊友濂，筆名有雲萍、雲萍生（有時誤印爲雲洋生）等，一九〇六年十月十七日生，祖父係士林宿儒，父親行醫於苗栗後龍，楊氏一生的爲人處世，深受其父祖影響。

一九二一年入學臺北第一中學校（現今建國中學）與彰化的謝振聲是日據下第一次被錄取的兩個臺灣人；一九二五年三月與江夢筆創辦臺灣第一本的白話文學雜誌《人人》，少年時代卽深受五四新文學運動的影響。畢業後入日本大學修習文學，先習英文，後轉入日文，師承菊池寬、川端康成……等人。

小說創作有〈罪與罪〉、〈一陳人手記〉、〈月下〉、〈光臨〉、〈弟兄〉、〈黃昏的蔗園〉、〈加里飯〉、〈秋菊的半生〉、〈青年〉……等，由於是搖籃期的臺灣新文學創作，篇幅均短。戰爭末期於《臺灣新民報》日刊連載〈春雷譜〉，未完；於《新建設》連載〈部落日記〉，以日記體小說的形式，批評時局，當時臺北帝大教授矢野峯人稱譽此篇爲傑作，連載數萬字，惜因戰爭結束的關係，未續予完成。

戰爭末期出版日文詩集《山河》八百部，大半以上毀於戰火。《山河》奠定了楊氏詩人的地位，並使臺灣人民有了可資紀念的文學遺產。

光復後，任職國立編譯館，後來受聘臺灣大學歷史學系教授，講授「明史」、「臺灣史」、「歷史哲學」……等課程，一九七七年六月奉令退休，現爲博士班兼任教授。

〈光臨〉與賴和的〈鬪鬧熱〉同時發表於《臺灣新民報》八十六號，是臺灣新文學有了實質收穫的肇始。透過保正林通靈討好警部大人希望的幻滅，側面批評了勢利者；〈弟兄〉，反映一對留日兄弟在異鄉生活的手足之情；〈黃昏的蔗園〉，透過會社欺騙蔗農的簡單情節，表現了批判精神，在一九二六年楊氏已敢放言：「豈有此理豈有此理！難道我們永遠應該著（得）做牛做馬嗎！不，不，決不！看他們能夠耀武揚威到什麼時候啊！」此文雖然簡短，但具有深意；〈秋菊的半生〉描寫了弱女子的悽慘命運，將概念予以抒情化，能放能收，富有技巧。

——本篇原載《光復前臺灣文學全集卷一——一桿秤仔》，一九七九年七月，遠景出版社出版

林瑞明　一九五〇年生，台灣新營人。台大歷史研究所碩士，現任教於成大歷史系。著有詩集《失落的海》、《流轉》、《未名事件》；傳記《楊逵畫像》；文學研究集《賴和的文學與社會運動之研究》等書。

楊雲萍與《人人》雜誌

葉石濤

楊雲萍是日據時代新文學作家中，古文、白話文、日文俱佳的一個作家。原來楊雲萍的祖父是士林宿儒，父親爲醫生，一九〇六年十月十七日生於台北士林。由於楊雲萍家學淵源，自幼受到正規的古文教育，所以書寫古文，已經達到相當的程度。

後來，楊雲萍在新舊文學論爭時，針對連雅堂在《臺灣詩薈》十七期所寫的擁護舊詩的文章〈餘墨〉，寫了一篇駁論〈無題錄〉刊在他自己所主編的《人人雜誌》第二期裏。連氏倒不以爲忤，十多年後，有機會跟楊雲萍長談時，笑著說：「當時我以爲你才配攻擊舊文學，因爲你知道舊文學。」這個固然表示了連氏的忠厚待人，但是楊雲萍所寫的漢詩〈吟草集〉及〈一陳人之手記〉等古文已有深厚的基礎殆無疑義。所以套用最近日本流行的一句話來說，楊雲萍是臺灣舊知識分子中的「新人類」吧？

有這樣深厚的古文學識，在那日據時代是派不上用途的；除非他偷偷地開書房收徒授古文，否則只能用來結成詩社，吟風弄月一番罷了。因此，他也跟當時的臺灣子弟一樣，不得不進入公學校受初等日文教育。一九二〇年，他考入台北一中。台北一中是日本人的中學，不接受臺灣人。後來爲了裝門面，符合「一視同仁」的政策起見，推行「共學制」，不得不錄取若干臺灣人子弟，但其限制甚嚴。楊雲萍考入的那一年幾乎清一色是日本人學生，唯獨他和謝振聲是僅有的兩個臺灣學生。

僅管他有古文和日文的良好素養，但是他從沒看過任何白話文的新時代的文章。他在台北一中就學時的某一天，由於他要搭火車來往台北和士林間，就在回家的火車上，看到有人在讀商務印書館發行的《婦女雜誌》。這是他生平第一次看到白話文。《婦女雜誌》是本政治性和時事性淡薄的雜誌，所以日本殖民地政府准它進口。

從此以後，楊雲萍渴望閱讀白話文，可是這談何容易，在那殖民時代是幾乎沒有機會的。後來跟他一起創辦《人人雜誌》的江夢筆，因爲經商的關係，常來往於臺灣和大陸間，得以帶回《小說日報》、《東方雜誌》等當時大陸流行的各種刊物。此外，楊雲萍也藉畢業旅行去大陸的機會買回《辭源》，《說文解字注》以及一些新文學作品。

民國十四年（一九二五年）三月，楊雲萍和江夢筆志同道合，一起創辦了臺灣第一本白話文雜誌《人人》。這本雜誌僅有十多頁。發刊詞上面寫有「器人雲萍個人雜誌」。器人指的是江夢筆。江夢筆較喜歡研究哲學和社會問題，文學作品倒不多。《人人》

創刊號上登出的小說〈罪與罪〉，新詩、舊詩、譯詩以及隨筆，編後記皆由楊雲萍所寫。其中，泰戈爾（Rabindrandth Tagore）散文詩〈女人呀〉是楊雲萍所譯。

《人人》創刊號刊出後不久，江夢筆就到上海去。因此，民國十四年十二月刊行的第二號，以楊雲萍為主，另收了其餘臺灣作家的作品。如一郎（張我軍）的詩《亂都之戀》中的七首。臺灣第一本白話文刊物《人人》，很可惜第二號就夭折。不過透過《人人》的發刊，楊雲萍倒結交了許多朋友，如後來當律師的陳逸松。

江夢筆可能是多愁善感的才子，返台後投淡水河自殺身亡。楊雲萍認為臺灣的新文學運動「雖是受到中國的新文學運動的影響而發生，可是對於文學一般的理解和欣賞的能力，臺灣是較高於當時的中國的水準。就產生的作品說，例如賴和先生的二三作品，比較中國新文學運動當時的作品，是毫無遜色的。」

台北一中（建國中學）畢業後，楊雲萍負笈東渡日本，在日本大學修文學，包括英文學和日本文學。

一九四五年，臺灣光復，楊雲萍參加了「臺灣文化協進會」。這個會創立的目的是由於五十年的隔離造成大陸和臺灣之間語言和文化的隔閡，產生溝通上的困難，故必須先剷除日本統治所遺留下來的遺毒，建設民主的臺灣新文化，和科學的新臺灣。

「臺灣文化協進會」發行有月刊雜誌《臺灣文化》，執筆者幾乎網羅了當時大陸作家和臺灣作家的精英。此時楊雲萍得以結識魯迅的好友許壽裳，被聘在國立編譯館工作，旋即又受聘為臺灣大學歷史系教授，擔任「明史」、「臺灣史」、「歷史哲學」等課程。一九七七年六月奉令退休，在博士班兼任教授。

楊雲萍一生的創作並不多，但是從古到白話文以至於日文，從舊詩、新詩到日文現代詩、小說、評論、散文、學術性專文，其涉及到的領域既廣且深，可以說是臺灣作家中地位最特異的作家。

他的日文詩集《山河》可以說是楊雲萍詩作的頂峯。然而最為人稱道的可能是以白話文寫成的小說；如〈罪與罪〉、〈月下〉、〈光臨〉、〈弟兄〉、〈黃昏的蔗園〉、〈加里飯〉、〈秋菊的半生〉以及連載在太平洋戰爭期《新建設》雜誌上未完成的日文小說〈部落日記〉。

一般說來，他的短篇小說都甚短，很少有尖銳的意識形態的流露。但小說中所隱藏的反日抵抗意識，冷靜的知性以及詩精神，都有獨樹一幟的表現。〈光臨〉是他的代表作，頗能反映殖民時代日本警察大人的跋扈以及臺灣民衆無可奈何的奴性。

——本篇原載於《走向臺灣文學》，一九九〇年三月，自立晚報社出版

葉石濤　一九二五年十一月一日生，臺灣臺南人。州立臺南二中（省立臺南一中）畢業，曾獲巫永福評論獎、時報文學獎特別貢獻獎，現任小學教師。著有文學評論集《臺灣鄉土作家論集》、《作家的條件》、《小說筆記》、《文學回憶錄》、《沒有土地哪有文學》、《臺灣文學的悲情》、《走向臺灣文學》；文學史《臺灣文學史綱》；小說集《葫蘆巷春夢》、《晴天和陰天》、《鸚鵡和豎琴》、《噶瑪蘭的柑子》、《採硫記》、《紅鞋子》等書。

楊雲萍小說評論引得

張恒豪 編

篇名	作者	刊(報)名	卷期(出版者)	出版日期
1.《台灣新文學運動簡史》(楊雲萍部分)	陳少廷	台灣新文學運動簡史	聯經出版事業公司	一九七七年五月
2.楊雲萍作品解說	林瑞明	光復前台灣文學全集卷一—一桿秤仔	遠景出版社	一九七九年七月
3.《人人》雜誌主編—楊雲萍	黃武忠	日據時代台灣新文學作家小傳	時報文化出版事業公司	一九八〇年八月十日
4.光復前台灣新詩論	羊子喬	台灣文藝	七十一期	一九八一年三月
5.山河初探—楊雲萍論之一	林瑞明	台灣文藝	八十八期	一九八四年五月

6. 新紙十千墨一斗—楊雲萍教授	丘秀芷	文訊	十六期	一九八五年二月
7. 台灣第一本中文白話文文學雜誌	莊永明	自立晚報副刊		
8.《台灣文學史綱》（楊雲萍部分）	葉石濤	台灣文學史綱	春暉出版社	一九八七年二月
9.《台灣現代文學簡述》（楊雲萍部分）	包恒新	台灣現代文學簡述	上海社會科學院出版社	一九八八年三月
10.《台灣小說發展史》（楊雲萍部分）	古繼堂	台灣小說發展史	文史哲出版社	一九八九年七月
11.《台灣新詩發展史》（楊雲萍部分）	古繼堂	台灣新詩發展史	文史哲出版社	一九八九年七月
12. 楊雲萍與《人人雜誌》	葉石濤	走向台灣文學	自立晚報社	一九九〇年三月

楊雲萍生平寫作年表

張恒豪　編

一九〇六年　1歲　生於十月十七日，本名友濂，台北士林人，祖父是士林宿儒，父親則在苗栗後龍行醫。

一九一三年　8歲　在後龍念一年公學校，轉回士林入芝蘭公學校，跳班讀三年級。

一九一九年　14歲　公學校畢業。

一九二一年　16歲　考入臺灣總督府台北州立第一中學，只錄取兩名，另一名是彰化謝振聲（已歿，醫學博士）。

一九二四年　19歲　二月廿一日，隨筆〈一陳人之手記〉發表於《臺灣民報》二卷一號。
四月十一日，短論〈改造的眞理〉發表於《臺灣民報》二卷六號。
六月十一日，小說〈月下〉發表於《臺灣民報》二卷十號。
七月一日，隨筆〈那一天的老冉〉發表於《臺灣民報》二卷十二號。
八月十一日，新詩〈這是什麼聲〉發表。

一九二五年　20歲　三月，與友人江夢筆合辦《人人》雜誌，共出刊二期，爲臺灣第一本白話文文學雜誌。小說〈罪與罪〉，翻譯散文詩〈女人呀〉（泰戈爾原著）、新詩〈相片〉、〈即興

〉、〈月兒〉、散文詩〈小鳥兒〉、舊詩〈吟草集〉、隨筆〈無題錄〉、編後記都發表於創刊號。

三月一日，隨筆〈一封信〉發表於《臺灣民報》三卷七號。

十月廿五日——十一月廿九日，雜記〈豆棚瓜架〉發表於《臺灣民報》七六、七八、八〇、八一號。

十二月，《人人》第二期出刊，卷頭辭、新詩〈夜雨〉、〈無題〉、〈泉水〉、〈暮日的車中〉、〈送夢筆哥哥〉、隨筆〈無題錄〉、編輯雜記皆發表於此期。

一九二六年　21歲　一月一日，小說〈光臨〉發表於《臺灣民報》第八十六號。

三月八日，啓程赴日讀書。先就讀日本大學文學部預科。結業後，就讀日本文化學院大學部文科，受菊池寬、川端康成等人薰陶。

四月十八日，小說〈到異鄉〉發表於《臺灣民報》第一〇一號。

八月廿二日，小說〈弟兄〉發表於《臺灣民報》第一一九號。

九月廿六日，小說〈黃昏的蔗園〉發表於《臺灣民報》第一二四號。

一九二七年　22歲　一月二日，小說〈加里飯〉發表於《臺灣民報》第一三八號。

一九二八年　23歲　七月十五日，小說〈秋菊的半生〉發表於《臺灣民報》二一七號。

一九二九年　24歲　六月，隨筆〈討論的態度〉〈臺灣〉發表於《臺灣民報》二六八號。

一九三〇年　25歲　一月一日，小說〈青年〉發表於《臺灣民報》二九四號。

一九三一年　26歲　束裝回台，沒有正式職業，讀書、寫詩、作學問，尤對南明史特別有興趣。

一九三四年　29歲　與黃月裏女士結婚。

一九三六年　31歲　九月，小說〈春雷譜〉於《臺灣新民報》連載，未完。

一九四〇年　35歲　五月一日，論文〈臺灣文學の研究〉發表於《臺灣藝術》一卷三號。

一九四三年　38歲　日文詩集《山河》由台北清水書店出版，共廿四首，僅印八百部。

八月廿五日，與長崎浩、齊藤勇、周金波參加第二回「大東亞文學者大會」。

一九四四年　39歲　五月一日，小說〈部落日記〉於《新建設》三卷五期連載，未完。

一九四五年　40歲　一月十六日新詩〈鐵道詩鈔〉收錄於臺灣總督府情報課編《決戰臺灣小說集》(坤卷)。

八月十五日，日本接受波茨坦宣言無條件投降。

九月，擔任《民報》主筆。

十月廿二日，短論〈奪還我們的語言〉發表於《民報》。

一九四六年　41歲　二月三日，短論〈促進文化的方策〉發表於《民報》。

八月，擔任臺灣行政長官公署簡任參議。

參加「臺灣文化協進會」，九月十五日，擔任《臺灣文化》主編，共發行了六卷廿七期。

九月十五日，論文〈臺灣新文學運動的回顧〉發表於《臺灣文化》創刊號。

十一月一日，隨筆〈紀念魯迅〉發表於《臺灣文化》第一卷第二期。

十二月一日，雜記〈近事雜記〉(一)發表於《臺灣文化》第一卷第三期。

一九四七年　42歲　一月一日，雜記〈近事雜記〉(二)發表於《臺灣文化》第二卷第一期。

二月五日，雜記〈近事雜記〉(三)、〈青銅器與梅花〉發表於《臺灣文化》第二卷第二期。

三月一日，雜記〈近事雜記〉㈣發表於《臺灣文化》第二卷第三期。

七月一日，雜記〈近事雜記〉㈤發表於《臺灣文化》第二卷第四期。

八月一日，擔任台大歷史學系教授。

雜記〈近事雜記〉㈥發表於《臺灣文化》第二卷第五期。

九月一日，雜記〈近事雜記〉㈦發表於《臺灣文化》第二卷第六期。

十月一日，雜記〈近事雜記〉㈧發表於《臺灣文化》第二卷第七期。

十一月一日，雜記〈近事雜記〉㈨發表於《臺灣文化》第二卷第八期。

十二月一日，雜記〈近事雜記〉㈩發表於《臺灣文化》第二卷第九期。

一九四八年　43歲

一月一日，雜記〈近事雜記〉⑾發表於《臺灣文化》第三卷第一期。

二月一日，雜記〈近事雜記〉⑿發表於《臺灣文化》第三卷第二期。

四月一日，雜記〈近事雜記〉⒀發表於《臺灣文化》第三卷第三期。

五月一日，雜記〈近事雜記〉⒁發表於《臺灣文化》第三卷第四期。

六月一日，雜記〈近事雜記〉⒂發表於《臺灣文化》第三卷第五期。

八月一日，雜記〈近事雜記〉⒃發表於《臺灣文化》第三卷第六期。

九月一日，雜記〈近事雜記〉⒄發表於《臺灣文化》第三卷第七期。

十月一日，雜記〈近事雜記〉⒅發表於《臺灣文化》第三卷第八期。

一九四九年　44歲

三月一日，雜記〈近事雜記〉⒆發表於《臺灣文化》第四卷第一期。

七月一日，論文〈鄭成功之歿〉發表於《臺灣文化》第五卷第一期。

一九五二年　47歲　春，〈臺灣史上的人物〉開始在《中華日報》連載。

一九五四年　49歲　八月，雜感〈《人人》雜誌創刊前後〉發表於《台北文物》三卷二期。

一九七七年　72歲　六月，奉命自台大歷史系專任教授退休，改聘兼任。

一九八一年　76歲　五月，史學論著《臺灣史上的人物》由成文書店出版。

一九八三年　78歲　史學論著《南明史之研究》由成文書店出版。

張我軍集

台灣作家全集

苦悶的北京經驗

——張我軍集序

張恒豪

張我軍，原名張清榮，臺北縣板橋鎮人。生於一九〇二年十月七日，一九五五年因肝癌去世。少年時在台北的鞋店當學徒，後經人介紹才進入銀行就職。二十歲由新高銀行調往廈門分行。一九二四年由上海轉赴北平，在高等師範學校所辦的升學補習班就讀，因旅費用罄，曾返臺進入《臺灣民報》，擔任漢文編輯，大力介紹中國新文學作品，並對當時文壇的吟風弄月、無病呻吟的舊文學發難抨擊，曾先後發表〈致臺灣青年的一封信〉、〈糟糕的臺灣文學界〉……論文，與舊詩人連雅堂諸人展開熱烈的論戰。所用的筆名尚有一郎、迷生、憶、M. S、野馬、以齋、劍華、四光、老童生、大勝、雲逸、廢兵等。他的一生著作頗多，重要的小說有〈買彩票〉、〈白太太的哀史〉、〈誘惑〉，尚有新詩集《亂都之戀》，論戰文字與散文隨筆大多收入《張我軍文集》，文集爲張我軍哲嗣張光直編輯，一九七五年由臺北純文學出版社印行，一九八九年增訂再版，書名易爲《張我軍詩文集》。

張我軍，是個「運動型」的文化改革者。他一生深受胡適的影響，對中國的新文學運動十分嚮往，戮力倡導臺灣的新文學運動。他的重要成就，在於論戰文字及新詩創作，小說祇是副產品，但在「草創期」也有其代表性意義，頗值得重視。

張光直曾將張我軍的寫作生涯，分成四個階段。張我軍小說都寫於第一階段，也就是從赴北平留學到北伐前後，做爲臺灣新文學運動的一名急先鋒的階段。〈買彩票〉、〈白太太的哀史〉、〈誘惑〉，這三篇都具體而微反映了作者苦悶的北京經驗，見證了三〇年代中國社會貧富不均的畸態，以及富人沉淪官僚腐化的習氣。

〈買彩票〉爲其二十四歲的處女作，主要在反映作者於北京的求學生涯。它揭露了留學生生活的艱苦、心靈的無根、濃烈的鄉愁和愛的苦悶，還敏銳觸擊到當時棘手的社會問題——貧富不均。作者明顯地站在窮困者的一邊，以譴責富人的沉靡和社會的不公，全篇的語調在憤懣中略帶無奈。

就技巧而言，從一個偶發事件，陡然墜入於聯想的迷網，忽而自外界轉入內心，又從內心轉出外界的場景銜接，俐落自然，毫無「草創期」的生澀和鑿痕。本篇若能嚴守單一敍事觀點的限制性，藝術效果當更爲出色。

〈白太太的哀史〉，則在於追述一個日本女子的感情悲劇，指斥男人的欺騙、背信和始亂終棄。其主題除在指控人性的殘虐外，仍如〈買彩票〉在揭發中國舊社會裏的不良惡習，以及文人官僚的沉淪、墮落和腐化。可見張我軍是個徹頭徹尾的舊社會反省者與批判者。

〈誘惑〉，仍瀰漫著積鬱和激憤的筆觸。經不起女性的誘惑，主人翁竟糊里糊塗輸掉了養家活口的金錢，在追憶中，一方面強烈批判了那些「受祖父之蔭和社會制度之蔭，享受著萬惡遺產的人」，一方面則深刻感悟到「這種無意義的生活，雖然是不由自主地，好像運命似的東西在推著做下去似的」。本篇對於人物心理的分析十分注意，其運用的回憶插敍手法極爲成熟自然，在反覆出現的獨白與內省中，襯托出一個臺灣人「大陸經驗」的苦悶和倦怠，也觀照了中國處身在新舊轉型中的陣痛和瘡疤。

值得一提的是，張我軍的小說語言，不用臺灣語文，完全以中國白話文來創作，這固然與題材有關，同時也和張我軍所主張的「依傍中國的國語來改造臺灣的土語」（見其〈新文學運動的意義〉）有關。他以實際的作品來支持他的論點，這種中國白話文的小說語言，影響了鄭登山、繪聲、廖漢臣、朱點人等人，與賴和、郭秋生的臺灣語文流派不同，也與楊雲萍諸人帶有日本味道的白話文流派截然有別，是「草創期」中小說語言的三大派別之一。

買彩票

一

照老例，每到星期六，午飯後不一會就有二三個朋友來找他談天。身邊富裕點時還可到遊藝園去逛一夜，不然就在他的寓所大家滿口濺沫的大行論戰，有時候還要打打鬧鬧，玩到半夜纔上牀準備睡覺。但上牀後還要談笑半天，什麼你的愛人如何，又是他的未婚妻怎麼樣。這樣你送我一句，我便還你一句，互相取笑到夜深了，大家乏極了，這纔心平氣和地閉眼熟睡起來。好在明天是星期日，沒有功課，故此放心睡到太陽晒屁股，大家纔各破夢醒回來。直到午飯用了，朋友們纔又結伴回去。這種手續，在他們幾乎成了一種定律了。

二

那日正又到了星期六，他用過午飯，即眼巴巴地望著他的朋友們。時間不斷地移過去，眼看已是三點一刻了，朋友們還沒有個影兒。他覺得非常的寂寞，忽而自言自語的說：「我正想他們今天來解我的苦悶之圍，爲什麼他們偏偏不來呢？」說到這裏，他的心又塞起來了。昨日他故鄉的朋友給他的信，一句句的重浮出來，他愈發坐也不是立也不是了。不得已由書架上拖出一本書，想要藉書解悶，但是無論如何也看不下去，略略翻了幾頁，又停而不看了。他忽又異想天開，把精神奔向他愛人身邊去。然而他不想他的愛人還好，一想到伊，心裏愈禁不住酸痛起來。想起他不久學費將絕，學業暫時停止還可以，只有這一事，不得不和伊遠別這一事，在他是最難受不過的！

「陳先生有人找你！」伙計站在窗外大聲嚷著。他好像在睡夢中被澆了一杯冷水似的猛然醒回來，心裏想，大約是他們來了，然而他們爲什麼遲到現在呢？看一看手錶，正是四點半，剛開口要問是誰來找他，已有人在窗外叫他，連嚷帶笑的來到房門口：「老陳，珍客到了怎麼不出去迎接呢？」他聽了這聲音已知道不是他們了。然也有意無意地站起來：「失迎！失迎！老林嗎？請進來！唷！老李也來了，請坐！請坐！」

林天財與李萬金雖是他的同鄉，但却不常與他來往。在北京的留學生，學費的多少正與讀書的多少成個反比例：學費多的，因爲忙於花錢，就無暇顧及讀書了；學費少的——少者是指學費剛剛夠用而無餘裕者而言——因爲無餘裕之錢可花，就只顧學業。不消說例外是有的，且這種現象也不只限於北京罷。林與李在留學生中算是學費豐富的分子，所以學業是荒廢的了。而他呢？學費少，少到將不能維持生活了，所以他與林、李系既有異，道尤不同，因此他們平常不很相與。這日忽地來找他，在陳哲生實是珍奇的事。他先開口道：

「二位今天是什麼風吹來的？眞是珍客！近來怎麼樣，依然快活罷？請用茶，客氣什麼，我沒有烟捲請你們。」

兩個客沒有等他說完，各捧起茶杯，輕輕喝了一口。還是林天財開口接著說：

「一向失候，大失禮！唉！說什麼快活，這幾日來窮得要命！倒是你著實比我們安閒得多了。」

「別拿我開心了！你們逐月一二百元的學費還嚷窮，像我每月只二三十元，還不餓死？得了，嚷什麼窮，你們穿的不是新嗶嘰袍子嗎？」

「因爲我們穿的是新袍子，正可以證明我說窮是實話哩！」

「你的話我不懂。」

「哈哈！別裝傻了！老實告訴你罷，我們上星期各輸了二百多塊的麻雀，索性又連在八大胡同闊了幾天。到這幾日來，衣服都當完了，這幾日又著實涼起來了，不得已叫熟識的衣舖來，賒了二身灰色嗶嘰袍子，你想可憐不可憐？」

「算了，別儘著賽窮了，咱們上城南遊藝園去逛一逛罷，老陳，去不去？我們是特地來邀你一塊去的。」這却是守著沉默的李萬金說的。

「遊藝園嗎？我不去。」陳哲生拒絕說。

「老黃他們邀你，你就去，而我們邀你，你却拒絕，不成，一定要你去。」李說。

「不行，不行，我去不得！第一，你們都穿的是新亮亮的嗶嘰袍子，你看，我這樣子，藍布大掛，又破了二個洞，要不被人誤作你們的跟班纔怪哪！還有一層，我今夜有點事，實在不得不失陪！」

「你總是愛排道理，不去就不去，反正我們是不配與你同道。也罷，你不去我們倆自去逛，可是我們今夜是要在這裏借宿一夜，可以罷？」

「那倒可以。但是你們須早一點回來，不然怕外面的大門關了就不好叫。怎麼樣，吃完飯再去如何？」

「晚飯可以在遊藝園吃。謝謝！老林，走罷，早一點去好。」

「走罷。」林說。

「失陪！失陪！」陳說。

三

他吃完了晚飯，獨自背靠在籐椅上，心裏悶極了，再也不能排遣。看書罷，看不下去。寫情書罷，心酸手軟。睡罷，睡不著。寫一點稿子罷，心思昏亂。想來思去，終於想不出妙案。最後還是把燈吹滅，側身躺在牀上。外面似乎刮起小風來了。這時正是仲秋時節，風打樹葉的聲音，自有一種特別悽切的哀思。八分圓的月色正斜照在白紙窗上，四圍無人聲，但聞蟲聲雜在風聲，月色映著紙色，他愈發不自在了。

他忽地想到他的愛人，想起伊近日不知道怎麼樣，病了沒有？看了今夜的明月不知有無也在想念他……唉！伊，伊，天眞爛漫的伊，那裏知道他有這般的苦悶？想到這裏，不禁又聯想到分手遠別的苦情。他不禁滲出熱淚來。他又決意不再去想那封信了，然而那封信偏纏住他——哲生！你寄存在這裏的錢快完了，我很替你擔憂！倘我辦得到，我是很肯幫忙的。然而就乏一個「辦得到」，這你是知道的，如何是好？……吾鄉L君是個樂善好施的善人，你如其肯寫一封信給他，多說句好話，他是知道你的勤讀的，所以或者肯助你的學費罷。這是我替你想的辦法，並且是僅有的辦法，但不知你的意思如何？——

唉！唉！學費將完了……樂善好施！樂善好施之人肯供人家的學費嗎？……說好話

！說好話不就是搖尾乞憐嗎？辦不到！絕對辦不到！完了！就完了，輟學回去不就得了嗎？但北京有伊在，我實是萬分不願回去的！自己積了六七百元，拿來留學、養活母親，錢花完了就回家去。這本是預定行動，然而為什麼中途生出一個「伊」來推翻了我的預定呢？世人若知道了我是留戀一個女子，一定要罵我不自量，生活還顧不了，講什麼戀愛？況既然熱心於戀愛，還有心念書嗎？其實，他們勢利之徒，那裏知道這天下間的妙諦？試問兩性之愛何時無之，何處無之？我以為戀愛之重要，世上是無出乎其右的。何況我的生活苦又可借戀愛來慰安，我的向上心又可借戀愛來增進呢！世之勢利之徒，我何必向他們置辯呢？——他愈想愈興奮，愈昏亂了。他想排解他的苦悶，慢慢步到院子裏，從樹枝縫兒可以分明看出明雪雪的月亮。萬籟靜寂中，外面房的鐘鐺！鐺！鐺的一連打了九下。餘韻嫋嫋，在微風中震抖。他覺得有些涼意，怕凍出病來，一會兒又重進去了。

他胡思亂想，累得腦筋乏極了，回到牀上想睡，但還是睡不著。手錶得得的聲響，非常擾人。過了一會兒，聽見脚步聲，又似乎有人說話，他想大約是那二個荒唐鬼回來了。側耳細聽，原來是屋後行人的聲響。他想起李萬金與林天財，又興奮起來了。他想大凡富人之子，儘有充裕的學費，却一點也不用功。一天到晚只是跑八大胡同、打牌、喝酒……。用功的，却不得不為生計而焦心，唉！在這種經濟組織之下，不知道滅殺了多少天才哪！如李萬金與林天財正是富家子的好標本，每月一二百元的學費還嚷窮，試問他們所學什麼？看過一頁書沒有？……他漸漸入於半睡狀態了。

四

「砰！砰！開門呀！老陳！」他在昏睡中聽見打門的聲音，知道是回來了，立刻跳起來，掌燈，開門。

「你睡著了？這麼早就睡！」林與李齊聲這麼說。

「早嗎？幾點鐘了？」

「才十二點鐘哪！」林天財笑著說。

「好，早不早用不著爭論，我給你們預備的舖就是那個，將就睡一晚罷。」他說著又爬回牀上。又說：「我睏了，要先睡，你們慢慢地坐罷。」

「無須客氣，睡你的罷，不是生客。」林與李不約而同的齊聲說。

其實他怎麼睡得著？翻來覆去，又開始幻想了：他想，這兩個荒唐鬼原來是因爲錢包澁了，八大胡同的窰姐不能收留他們，要不然他們逛完了遊藝園還不到八大胡同覓臨時宿舍去留連呢！他們今天來找我，正是爲的利用我的寓所宿一夜，省得半夜跑回北城。唉！可惱！他在牀上幻想，他們却在書桌傍坐著談話，自己倒茶，大抽其烟。他們談話的聲音雖不大，但也時時傳到他的耳鼓中。他聽見林天財說：

「老李，咱們這幾天錢很澁，多不好過日子？明天咱們去買二張彩票，你一張，我一張，看誰運氣好。或者碰巧獲得頭彩，從天上掉下萬千塊錢，你我都可不愁了。」

「這倒不錯，沒有你提醒，我倒忘了這條發財的捷徑。」他也不管有人在睡沒有，大鼓其掌贊成林的意見。

「咱們再算一算罷，咱們的月錢才到了一星期，故此非待三星期後是不會有錢來的。昨日我雖打了一電回家，說病重叫快滙錢，但我父親未必相信，所以他這一筆也不能靠的。只有給我母親的密信，問她老人家要三百塊。她是很痛愛我的，一定立刻偷偷給我寄來。然而來回信件須在二星期以上，這二星期之中若不想個辦法，你我都糟了！……你不是說你也沒有法子湊錢嗎？所以我想現在就只有這法子。你既贊成，明日可要記得……」

「唉！」聲音又沉重又響。

「老陳，你在作夢嗎？」但是沒有回答。

其實陳哲生沒有睡著，却是故意不答他們。他聽了他們的談話，心中暗暗咒罵他們。逐月一二百塊錢，還用得當衣典褲，並且夢想要買彩票發僥倖財來揮霍。想起彩票來，他由直覺上感到中國人的可鄙，不想發奮作事，却只望著買彩票發橫財。卽是想要坐著收利的，實在是可咒詛的根性。他不忍再想下去，只「唉」了一聲，歎了一口氣，慢慢睡著了。

五

他請林、李吃過午飯，送他們回去了以後，獨自回到房內，繼續著昨日的苦悶。彩票！彩票二字驀地浮出他的意識界。他想，我正沒有法子弄學費，昨日他們給了我這個暗示，我雖鄙棄它，但這也是一種絕無僅有的辦法。買彩票固然是一件可恥而傻透的事，然而，……我何妨去偷偷的試一試？反正錢包裏還有兩塊多錢，買一塊錢賭個運兒罷。或者碰巧當了頭彩，豈不是馬上可以得到數千塊嗎？如果，我的學業既得因之而繼續，又可不與愛人遠別，豈非兩便？他愈想前途愈有一線的光明，終於決計要買了。

他走過一家彩票店門口，再也沒有跨進去的勇氣。來來去去的走過了二三次，他總是沒有進去的勇氣。他終於走入靑雲閣的一家書舖子去摸書，說摸書似乎有語弊，本來是應該說去看書。然而這也不過是形式，實際上他只是摸，並沒有看。他在那裏躊躇了一會，突然決意道：買彩票雖然可恥，但是這事又沒有害及他人，且強勝過向富人去搖尾乞憐百萬倍，而況我所以甘冒這種恥辱之名，爲的是人生最重的戀愛與學業呢！他一步出那家書舖，卽看見對角有家彩票店，門面貼著許多黃紙，寫著黑字，打著紅圈：「

湖北正劵——頭彩二萬元——後天開彩」。他鼓了勇氣踏進去，問湖北正劵怎樣賣。掌櫃說：「大張三元大洋，小張三毛。」他問：「怎麼樣叫大張，怎樣叫小張？」掌櫃很輕侮的說：「這你也不懂！告訴你罷，大張可以分做十小張，你若買了一大張，當了頭彩就是二萬元，若買了一小張，當了頭彩就只分得二千元。」他想：「一大張是買不起的，但買一小張未免太失了體統。得了，就買兩小張罷。倘若當了頭彩，也有四千元。——雖然不大滿足，然而倘若沒有當彩，犧牲却只六毛。

「買兩小張罷。」

他交了六毛大洋，接了兩張彩票，一溜煙跑回寓所，躺在牀上，描寫了許多許多當彩後的快樂情形。他雖明知九分九九是空想，但是僅僅六毛大洋能使他延一線的希望於三日之間，他何樂而不為呢？

六

匆匆過了兩日，這日是開彩之日，他一早上就溜到青雲閣，一看沒有一家彩票店貼出當彩的廣告。他猛然醒悟了：開彩雖在今日，但是當彩號碼一定不會這麼早就傳到北京，怎麼樣早也得等到下午罷。這樣想，他沒精打采地回寓所去。

等時間是一件難事，他好容易等到午飯，午飯後又等了二三個鐘頭，他想此刻大概是發表了，便又跑到青雲閣一看，還沒有，一個影兒也沒有。想要上前去問又不好意思，欲不去問，又怕他發表在自己所不知道的地方。然而終於決定再等一天靜候消息了。他鬱鬱地回到寓所，好容易坐到天黑，吃完飯，又坐了一會，躺在牀上，描寫了許多許多當彩後的快樂的情形。他雖然明知九分九九是空想。

好容易睡著了，又過了一夜，一早上他就跑到青雲閣。遠遠看得見湖北正劵頭彩以下五彩的號碼。他的心跳起來了，跳得很急。但是他不敢接近，只在遠處若無其事的站著，從衣袋內掏出彩票，偷偷對了一下，嗳！完了！差得遠！但他還極力守著平常的態度，不敢使其失望之情露出。旋卽若無其事的走到青雲閣後門，雇了一輛洋車，垂頭喪氣地回去了。五等以下的他是決意不去對了，因爲便使中了，也不過三五元。這些少數目，和可以使他住京而不回家的數目還差得多咧。

他回寓所之後，旣決意歸鄉了。自己積下的學費用盡了，旣無父兄親朋供給，又不願意向所謂樂善好施的善人搖尾乞憐，即使向其乞憐，亦何異向石頭說經？況在京又沒有法子弄錢，若不早作歸計，恐不久要餓死於他鄉了！金錢魔王是不管你什麼「愛人呀！我不願別你而去喲？」的。數日後歸鄉的盤費一到，他就要放下學業，別去最愛的人，遠遠離去北京了。

附記：這篇是我的處女作。

——本篇一九二六年九月六日作於北京，原載《臺灣民報》一〇三・一〇四、一〇五號，一九二六年九月、十月出版

誘惑

一

來今雨軒的鋼琴，不知什麼時候，磅、磅、磅地響起來了。

正是盛夏的過午，熱鬧過於天橋的中山公園，這時候遊人還是很稀。太陽拼命地曬著，樹木因為一點風絲都沒有，靜得像墨水畫中的墨蹟，四圍寂寞極了，只有幾個小鳥，不知是在唱歌，或是在啼饑地叫著。茶役們也都在籐椅子上打盹，茶客是除了他以外，一個也沒有。

他坐在來今雨軒後面的亭子上，既喝茶又抽煙，並且想著些零碎的事情。這些零碎的事情，反反覆覆地在他的心頭滾上來滾下去，小鳥兒的歌唱不能打斷他的思路，從亭下走過去的兩個三個遊客，更不能打破他的沉思，只有從來今雨軒室內，遠遠傳出來的鋼琴的磅、磅、磅，却把他的思路打斷了。

「唉，好久沒有聽見了！」他聽見鋼琴的聲響，心裏有點慨然了。

「也許是女人吧？漂亮的女人？女學生？我的候補愛人？」——他一想到這裏，鋼琴的磅、磅、磅，就格外地響得有勁兒；並且他那空想中的纖纖玉指所彈出來的聲音，響一聲，他的心就一跳，好像那彈琴的女郎的指頭，並不是在打鋼琴，却是在敲他的心；他有點飄飄然了。

驟雨般突如其來的鋼琴的聲響，又驟雨般突然而停了。但是爲那彈琴之指敲亂的心，却還是繚亂著。他由鋼琴的聲響聯想到時髦得可愛的女人，又由時髦得可愛的女人聯想到金錢，由金錢又聯想到……不，絕望了。

這種絕望，他是受夠了；因爲要避免這種絕望起見，凡是熱鬧的處所，他是不大敢挨近的——尤其是女人多的處所。推而廣之，連大街上，沒事時他都不敢去走；看見時髦得可愛的女人時，他是避之唯恐不遠——儘管他心裏是無時不想趕到熱鬧的去處，挨近時髦得可愛的女人，冀得一點快樂。然而這一日，他居然走入熱鬧的中心地，美女聚會的公園，並且坐在茶桌上大喝其茶，大抽其煙，這自然是因爲他今日，皮夾內居然有了二十元的緣故。

二

照例，經了這種絕望之後，他是站起來，一溜煙地跑回家中的；但是他只有這一次却破例，依然若無其事般在那裏抽一口煙喝一口茶。自然他也並不是以爲有了這二十元就可以得到時髦得可愛的女人之愛，也並不是不知道假如因了這二十元的開銷，可以快樂一時，而快樂過後，因了這二十元開銷，所受的痛苦是怎樣地難過；但是他因了這二十元在自己身上，却無理無由地壯膽起來了。

他依然在煙霧與茶氣之中，繼續他的思索。遊客似乎漸漸多了，小鳥兒依然在綠蔭中歌唱，但是他依然沒有理會那些。

他想起這幾個月來的失業之苦：母親的煩惱與怨言，弟妹的哭鬧，在在使他傷心而憤怒！然而他對於自己這幾個月來的耐苦與努力，也十分地滿意；尤其是今日所得的二十元，完全是這努力的結果；照這樣做下去，自己的理想，未必不能實現——想到這裏，他忽而喜從中來，好像自己的理想，立刻就可以實現，時髦得可愛的女子，自己也可以分一個來愛，其餘更不用說了。

但是他忽然又黯淡起來了。他想：假如靠自己的力量，僅養活自己一個人的話，那自然是沒有問題，自己的理想或者可以達到；然而自己背後，還有母親，還有弟妹，都張著大口要吃我要穿我哩！怎麼說是努力已經有了結果，但是想靠賣文字來養活，已是不大靠得住的事，而況自己的理想，還有什麼實現的希望？在這種情形之下，我只有二條路可以走，一條是犧牲我自己，去養活他們，一條是棄掉他們，走向自己的理想。論理，他們雖有生活的權利，我却沒有養活他們的義務，然而我不養活他們，叫誰去養活他們呢？結局我還是只有一條路可以走的了——犧牲自己。想來這都是我父親的不是：遺產沒有分到我，却把一輩子還不清的債留給我去對付！我想努力往前走，他們却在背後把我拖回去！……

三

他在那裏所想的，也不過是那一點事情，反反覆覆地出現罷了。但是他的思路終於爲一羣遊人打斷了。他擡頭一看，品茶之客，已經塡滿了空桌的一半，亭子上，自己的背後，隔二個桌位的桌子，也已圍著一羣遊客了。茶役也一個個活動起來了。有銜著砲臺煙的，有傾著啤酒之杯的。有女性，有男性，有成對的，也有孤單的。

遊客愈來愈多了，男性來得不少，女性呢？他覺得更多，有女學生，有闊人的小姐，有孩子，還有太太。茶桌都坐滿了，亭子上的茶桌也快坐滿了。只有靠他背後那一個桌子還未有人光顧。他也很想叫茶役送一包砲臺煙、一瓶啤酒來，但是終於沒有說出來，因爲他覺得大聯珠本來也可以過癮，龍井茶也無妨當酒喝。他也很羨慕而嫉妒那些一對一對的，而同情那些孤單的；並且還想請一位孤單的女性過來一塊兒坐，藉以互傾同病相憐的話，然而這也爲顧慮被送入瘋人院起見而止於「想想」了。但是他希望至少在自己背後那個空著的桌子，來光顧的是一個孤單的女性——時髦得可愛的女性。

居然來了，並且是女性，但是兩位，極時髦的兩位女性。他只希望一位，却來了兩位，這已經使他不大滿意，不料還有更使他不滿意而至於大失所望的，是後面跟來了一個第三位的男性！

「茶役！來一包砲臺煙！兩瓶啤酒！」那個男的開口先要了兩樣。茶役去了以後，他就客客氣氣地向那兩位女性說：「蜜斯高、蜜斯林，請你們兩位點菜吧！」這兩位蜜斯，也很不客氣地點了好些菜，吩咐茶役去了。一會兒婉轉的笑聲、談話聲，就從這個茶桌發出來了。接著就是煙酒之香氣——對了，說掉了一件事情；剛才這兩位女性，走到他背後時，就帶來一陣香水與脂粉的強烈的香氣；這香氣和煙酒的香氣，混成一種刺戟性強烈的味兒，一陣陣地撲到他這邊來。

他興奮極了，一種絕望的悲哀，不客氣地湧到他的心頭！他心裏罵道：你這受祖父之蔭，和社會制度之蔭，享受著萬惡的遺產的東西！你老子一個也沒有，你却一個人佔了兩個女性！他興奮極了，興奮得抽起煙捲了。

四

兩個女性和一個男性，於嘻嘻哈哈的笑聲中，動起刀叉了。笑聲、喝酒嚼菜聲、刀叉皿盤聲，混成一種衝動的聲音，一陣陣送入他的耳鼓。同時，肉香、醋香，和香水、脂粉、煙酒之香，又混成一種刺戟的味兒，一陣陣撲到他的鼻孔內。他爲這種聲音與味兒，攻得幾乎開步走了。然而他衣袋裏的洋錢，却替他叫了菜又叫了酒，並且叫他把大聯珠收起來，換了一包砲臺煙了。

說也奇怪，喝了兩大杯酒之後，他的悲哀、絕望、憤怒，一切都消了，好像一切塊壘，盡在於這兩杯酒沒有到口。但是接著又來了一種寂寞之感，他覺得一個人吃、喝，實在太無味了。一樣的酒菜，看人家吃來是何等地甜甜蜜蜜?自己一個吃來，却覺得和吃家常茶飯，沒有多大分別。這原因他也知道，並且也未嘗不想隨便拉一個異性來白請她吃一頓，但是這種佛脚，臨時是抱不到的。

他醉了、飽了，但是他的心的空虛，却無法可飽。背後的三個人，嘻嘻哈哈的笑聲愈來得緊，他愈寂寞了，他的心愈空虛了。對於這種寂寞，心的空虛，他衣袋裏的洋錢也無可如何，結果，只有悵悵走回家的一法了，他還了帳，置嘻嘻哈哈的笑聲於腦後，他寂寞地走出了亭子，復步出了中山公園。

在涼爽的晚風中，他在公園口徘徊了一會兒，心裏想，回家呢？唉！太寂寞了！太空虛了！到八大胡同解決去？但是，此事不但是袁大頭不答應，並且和自己平常的言論太矛盾了。不但如此，萬一將來自己也居然有談戀愛的機會，這事豈不成了一個歷史上的汚點？

他想來想去，結果終於移步走向他一個朋友B家去了。

五

大約是在晚上八點的時候，B家有兩個時髦得可愛的蜜斯在叉痲將；陪打的是B和B太太。他們四個人正打起來的當兒，忽然來了一個醉客，這個醉客便是他。他一走進去，四個人的手都停了，八隻眼睛的視線，都射到他身上。B並且站起來，喜形於色地說：

「老吳，你來了剛好，正差一個手呢！」

「不，你們打得了，我看著。」他嘴裏雖如此說，心裏却勃勃然，手心也癢癢然了。因爲他一進來，就瞧見了那兩位時髦得可愛的蜜斯，而且似乎是從這位蜜斯發出來的一股香氣，也早已從他的靈敏的兩鼻孔，奔入他的心窩裏了。這種奇遇，在他是一種千載一遇的機會，而這種雰圍氣，他是愛不忍釋的了。況且正在空虛而且寂寞得無可如何的他，怎能不認爲一刻千金，而造一個機會，多多坐一會兒呢？要這樣，最好是跟她們坐在一個桌上打牌的了。而況一打上牌，既可以加緊地挨近她們，從她們發出來的香氣，也可以聞得親切；有時還可以碰碰她們那豐潤的手，其結果，或者可以由自己手掌上帶一點香氣回去——呵！這是有生以來的盛舉，無論如何不可錯過呵！

但是，輸了牌的結果的慘狀，又朦朧地走到他的意識上了。心裏想：唉！不行，家裏有三四個人等到要吃我身上這幾個洋錢呢！銅子么二的牌雖然並不大，但是大輸起來，說不定要輸個五六塊錢呵！萬一輸去五六塊錢時，將如何應付明天的事呢？可是這種念頭，也只是煙似的無力的東西而已；等到B的第二次讓位，和一位年大一點兒的蜜斯的勸駕：

「吳先生，您來打吧！他們夫妻倆不願意一塊兒打哩！」他完全把打輸了牌的結果之類的念頭打掃乾淨，回復到先前的興致勃勃的心理狀態了。他終於打上牌了，和二位蜜斯，一位太太，這是他第一次接近女性的機會。

六

在嗶嗶剝剝的嘈雜聲中，四圈牌已經打完了。這中間，他除了碰幾下蜜斯的手，和蹴了二下脚……但這都是無意中，並非故意。之外，什麼話也沒有說……除了牌上的話，心却是一直跳到牌打完。最享福的，應該算他的眼睛與鼻子了。他偷偷地引了幾十個深呼吸，又偷偷地瞧了幾十次——自然所瞧的是那兩位蜜斯。他覺得這兩位蜜斯，除了香氣襲人，臉上紅白之外，並不覺得怎樣美。但是在無言之中，却覺得挨近蜜斯們之甜蜜！

算帳了，他一共輸了三塊大洋，還有一點零頭，據說可以不算了，他也就不算。他從衣袋裏掏出三張鈔票之後，臉可紅起來了；輸幾塊錢本不算什麼，可是在蜜斯們面前打輸了牌，頗顯出自己牌術之不高，實在大失體統。B太太也輸了，但是沒有他輸的多。

「咱們再打四圈罷。」B太太很知道他的洋錢來得不容易，所以想使他撈回來。他不敢言語，怕顯出自己之戀戀不捨那三塊大洋；可是蜜斯們答應了：

「好吧！再打罷。」時候已經不早了，已是十點鐘零一刻。

於是打起來了，這回他却不大注意蜜斯們，一味地想要撈錢；一來輸了三塊錢，已是非同小可，即使不能撈，也再輸不得了；二來再輸錢，豈不是愈要在蜜斯們之前獻醜嗎？

但是這四圈打完之後，他又輸了，這回少一點，輸了二塊半。他雖然裝著好漢，把兩塊半拿出去，但是心裏是萬分的著急、慚愧。一晚上輸了五六塊錢的牌，在他是空前……絕後則不敢說。況且這種敗績，使他慚愧得幾乎想鑽進地裏。什麼蜜斯不蜜斯都不敢看，不敢聞，不敢觸了。他一溜煙就走了。

七

時候雖然正是盛夏，但是晚上過了十二點鐘之後，一陣陣從臉上拂過去的風，却是涼爽得可以。街上的行人也不很多，只有幾輛洋車，在拐角處徘徊。月亮正在中天發出銀灰色的光亮，四圍頗有一點白天所看不到的寂寞氣味。

他在寂寞的月光下走著，一步步地、慢慢地。洋車夫也向他招呼了幾次，但是車錢說不好，他們都是漫天說價，而他又捨不得給，於是決意走回去了。

灰白的月光，涼爽的微風，和寂寞的空氣，使他完全清醒了。他想起今天一天的事，覺得實在太無意義了——這種無意義的生活，雖然是不由自主地，好像運命似的東西在推著他做下去似的。本來今天走到公園，爲的是想得到一點休息，呼吸一點新空氣——快樂是不敢想的。然而偏偏得到這樣的結果！蜜斯們的香氣，早就跟著喘息，從兩個鼻孔吹出去了。自己的手掌上也沒有帶回一點來。此刻腦海裏雖然還淡淡地留著同桌打牌的兩個蜜斯的映象，但是她們似乎又早已不把自己放在眼中了，她們不把我放在眼裏，即使我還記著她們，有什麼意思呢？不但如此，爲了這樣毫無代價的事，竟然破了一筆大款，豈不是一件可悲的事！

一無所得還可以，若想到明日的事，就簡直苦於啞子吃黃連了。我今天出來領了二十塊錢，母親是知道的，然而，這二十元之中，已去了多少。——他想到這裏，已無伸手拿出餘剩的鈔票來點點的勇氣了。但是他却在心裏暗暗地算了一算，大約已經破了八元了，所餘的只有十二元。他想：對付母親的方法，却是很多，但是一家四五個人的生活，却就不易對付了。本來二十元已就不很夠，而況又減去八元？……

他後悔了——唉！自己爲什麼做了這樣糊塗事？爲什麼竟不思前顧後？而況想到自己這八元錢來路之不易，就悔恨得心都痛起來了！然而這說來說去，都是爲了女性，倘若沒那兩位女子在公園陪一個男性喝酒，叫自己看見，刺激了自己，自己也不會在公園破費二元錢。倘若沒有那另二位蜜斯在B家打牌，自己也不會在B家輸了五六元錢的牌。而且最初使自己陶醉的，却是公園裏的磅、磅、磅的鋼琴聲。

然而爲什麼許多人，左一個右一個地帶著女性，也於生活上不發生問題，而自己僅僅聞了幾個鐘頭的香氣，聽了幾個鐘頭的鶯聲碎語，看了幾個鐘頭脂粉打成的臉，就於生活上發生問題？難道我就天生不配享異性之樂嗎？想來想去，還是家裏三四口人在帶累我！倘沒有他們，自己一個人還有十二塊錢，有什麼問題可發生呢？呵！萬惡的家族制度！在撲殺個人的家族制度！然而我不養他們，在這種社會制度之下，叫誰去養呢？

我，我只有自認倒楣罷了！但是那些偏受遺產之蔭的人們，是怎樣該殺的呀！……

然而究竟女性是可愛的，尤其是時髦的女子！而況錢已經拿出去了，後悔有什麼補益呢？錢是人賺的呵！我明天以後就加緊努力，也不難於幾天之內賺回來呵！——他想到這裏，一切問題好像都得了解決似的，精神完全恢復原狀了。不過還覺得自己今天一天的行動，好像做了一場惡夢，而夢後使他身體與精神都有點疲倦罷了。

他走到家裏了，偷偷地走入自己的臥室，躺在一個小牀上，想儘量地不打動他母親及弟妹們。但是他翻來覆去，總是睡不著，一二三四五六地念，念了幾百幾千，也還是睡不著。此時口裏雖然念著數字，但是在閉著的兩眼，分明看出一個時髦得可愛的女郎，在來今雨軒打鋼琴——磅、磅、磅地——兩個不知是何職業的女性和一個可惡的男性，在自己背後發出嘻嘻哈哈的笑聲，和刀叉皿碟聲——還有一陣陣的脂粉香、酒煙香、肉香——，兩個痲將桌上的時髦的蜜斯的臉兒、氣味兒、豐潤的手臂——還有牌聲、笑聲，總之，這一日所經過的情景，歷歷現出眼前來。

呵！這種情景，在今日下午以後，是怎樣地使他不由自主地陶醉，不顧前後地陶醉呵！

——本篇一九二八年二月二十六日脫稿於北平，原載於《臺灣民報》一九二九年四月七、十四、二十一、二十八日出版

白太太的哀史

一

「白太太死了！」A君的母親於談話中，突然以沉重的聲音，歎了一口氣說。我與A君都瞪目呆然了！固然白太太的死，運命是早就決定的，因爲我們於一星期前就已聽到伊死的預告了。這也是A君的母親送給我們的消息，說白太太白米飯已送不入口，終日呻吟於被褥之間，抽幾口烏米飯，吃些生果渡時，總之，伊已是在看日子的人了。這消息之傳來是在一星期之前，當時我和A君也爲伊歎了不少的氣——A君說不定在暗地裏灑了幾點熱淚。我並且由直覺上，覺得伊是將旅行那冥冥之國，打扮完竣了，只等著死神來引路的了。

我雖然和白太太只見過一回面，而又沒有絲毫交情，但因爲我知道伊死得悽慘，而且伊的後半段的哀艷的身世，也十分引了我的同情，所以這日得了伊的死訊，格外的爲伊暗暗傷心！我雖然假裝鎭靜，但是兩個眼眶却不客氣地漲得熱騰騰，險些兒掉下淚珠來。這時靜默無言的A君，忽自言自語地道：「唉！我正想病好了再去看一看哩，誰料得到伊就死得這般快！」A君的眼睫毛似乎濕得發光了。

二

這是去年冬天的事。我重到北京纔幾天。一日，正在A家談閒天，突然進來一位年在三十左右的婦人，面浮著苦笑，懶洋洋地略與A君招呼一下，便一屁股坐在牀椽。我由於伊的年紀以及熟識的舉動，又由於伊那一副白菊將萎般的面龐，炎天下的柳條似的懶容，推定適才進來的婦人，大約就是A君常對我提的那個白太太了。過了不一會，A君就給我們介紹了。伊正是我所推想的白太太。

白太太知道我會說日語，便使日語和我談起來了。伊的話是斷斷續續的，聲音帶著淒味，像是懶得說話似的。伊的眼球是眼空六合似的時時轉上轉下。我一來是因爲初見面，二來看伊十分疲乏似的，所以不好意思多說話，況且看了伊那種熟諳世故的態度，以及看破了世情的神氣，所以益發說不出話來。至於安慰伊的話，因爲我雖則深知伊的心是萬分哀苦，但伊既未嘗親自對我訴說，所以我雖有一大堆預備要安慰伊的話，也終於沒道出半句。所以這一次就只說了些無關緊要的應酬話而別了，却想不到這一次的會見，竟成了我和白太太見面的最初而且最後的一次了。

但是從此次以後，我便常常想起蒼白的、瘦削的、面龐中央掛著一副陵陵的鷹鼻子，而懶容可掬的白太太，又因此而聯想到伊年輕時代的芳姿。但是伊的病況也很使我時時介念著。

現在白太太的一生總算結束了。而伊的心的痛苦也不除而不除〔即永不解除〕了。然而我——不是伊的三親六戚，也不是伊的朋友的我，却時時爲伊的哀史而悲傷。我雖明知這也許等於癡人，但是我的心要如此，有什麼法子呢！我現在想把伊的哀史全盤吐出，這是消除我對於伊的悲傷的唯一的方法。

三

白太太的原籍，說也慚愧，我到現在還沒有弄清楚，只模模糊糊地知道伊是日本東京的人。伊還未做白先生的太太以前，是叫做水田花子。我提起筆來欲寫伊的哀史之前，最引以爲憾的，便是伊的結婚前的身世，以及結婚前後的情形，全無從稽考。其實也是因了這個緣故，致使我這篇白太太的哀史，到今日始能出世。要不是幾日前，於無意中從料想不到的方面，獲了一册破舊的日記本子，這篇拙劣的東西，恐就永無與世人見面的一日了。那一册破舊的日記本子，便是白太太在十年前寫的。這本日記可斷定是結婚前所記的，因爲最後的一篇記著結婚前的決心、感想之類的話。並且字跡也有些模糊迷離了。我現在把它譯在下面，以爲這篇哀史的開章：

我昨晚一夜翻來覆去沒睡好。這不消說又是爲了照例的結婚問題。但我總算得了一個結果，因爲我已經決意同他結婚了。

我和他的關係，究竟不知道有沒有合於世人之所謂戀愛，然而我既然很愛他，而他又盡其能力愛著我，所以我想，我同他結婚，可以說是無憾的了。實在，他是十分愛我的！要不然他爲什麼要做那麼些合時的衣服給我呢？還有一個手錶，二個指環——一個是我最心愛的紅寶石。帝國劇場他也帶我去過了，大菜是吃了好幾回的。況他這三月就要學成回國做官了。至於他的家道，看他的生活那樣闊綽，一定也是不錯的吧。年紀雖則大些，但待人是極誠實的。我能得這樣的人做丈夫，想起來不得不喜由衷來！我並不是有什麼虛榮心。我所求的只是愛。他現在既然如此愛我了，與他結婚之後，不消說是一定更要愛得了不得罷——這是無疑的。

況我今年已經十九歲了。又沒有父母照料我，所以更不得不找一個人依靠哩。還有一層說起來怪不好意思的。這也不知什麼緣故，自從到東京以後，或在路上，或在公園，或在戲舘、茶店，每見人家一對一對的形影相隨似的手拉著手說說笑笑，羨慕極了！

爲了這種刺激，在孤燈單枕之下，不知使我灑了多少淚珠咧！尤其是自與他們一班人熟識之後，愈覺單獨一個人的生活毫無意思。所以雖然我來到東京的本意，是想一面作工，得生活的安定，一面求些學問，但是相形之下，還是與他結婚爲妙。所以決意、決意、決意、決意與他結婚。

然而我實在太沒主意了。我爲什麼要遲疑了這些日子呢？他不是過年請我看帝國劇場那天向我求婚的嗎？現在已過了一個多月了，他催我答應他幾次了？——是了，共是五次。這當然也不能全怪我沒主意，實在，像這種終身大事，我怎能不再四斟酌呢？還有他的那班壞同鄉從旁破壞，也是使我遲疑的一個原因。他們說：老白跟我來往，始終使弄著引誘的手段。又什麼他是色中餓鬼啦，他是如何的滑頭奸詐啦，他爲行使他的引誘手段，致負債滿身啦，他是怎樣不用功，成績壞極啦……等等。這些還可以，使我最難堪的是說：老白家鄉不但已有老婆，並且已有了十歲的孩子。凡此等等，都是使我遲疑不敢答應的了。但是幾經白先生對我剖明，以及我自己反省之後，這纔明白他們這一大堆話，盡是破壞的話頭。由嫉妬而起破壞心，竟欲把人家的姻緣打破，可惡極了！然而他家中有老婆、有孩子，我既然最怕的是這個，所以對於這個的疑慮也最深而不易解釋。我雖十分信用他的人格，並且眼見其對我的愛是毫無僞情，但我終不能十分放心。直至三四日前——那日他很急切地懇求我答應他。我心裏七八分想乾脆答應他，好叫他喜歡，但無論如何，爲了那個總說不出來。——他爲解釋我那個疑慮，很沉重地賭誓道：倘我家中有老婆有孩子，願給五雷滅頂！我想受過教育的男人是不胡亂賭咒的，所以當時就已決意嫁給他了，但尚未敢輕易說出。現在我已決意嫁給他而無後悔了。等一會兒他來，我告訴他，他不知要如何雀躍呢！

四

這是民國七年的春天，白先生學成歸國了。他不但得了外國的學士文憑歸國，並且帶著年輕貌美的外國女子回來，那個女子便是水田花子。世之所謂衣錦還鄉，也許是專指白先生這次的歸國吧。

白先生並沒有帶這位新結婚的白太太回到故鄉省親，而一直來到北京。這當然一半也是依了白太太的要求，而一半却是因爲他的朋友已在北京替他謀好了位置的緣故。然而最重要原因，還是白先生著實有不能帶著新娘子回家的所以。

白先生在北京雖然不很闊，但是每月有二百元左右的進款，也夠他們兩口子過得很可以的生活。而白先生對於白太太，著實盡了能力愛護她。每星期六聽戲，星期日逛公園或訪問朋友，或上館子，這似乎已成了他們的習慣了。不但如此，白太太到北京未過半年，所有在北京城內以及附近的名勝，都被伊看完了。白太太在這樣愛與歡樂的生活中，不消說是感著十分的快樂、滿意。這樣的生活，大約繼續了有三年之久——不消說前後有輕重之差。

然而好夢易醒，舊歡難再，白太太的愛與歡樂的生活，在結婚後三年，終於發生挫折了。家庭的和平，也從此時生危險了。白太太的悲哀序幕，也從此掀開了。

五

逛窰、打牌、吃酒，這大約是中國官僚所不可缺的事情。寧可以說，若不懂得這些事情，簡直在官僚隊中沒有他的立足地，而在交際場中更沒有他的地位了。這種風氣，在北京尤其猖獗。

白先生對於這方面的事情，本已有興趣，加以身在官僚隊中，因此，於不知不覺也就染成了這種習氣。他從何時染起，實在無從知道，但是看他同白太太那般要好，總不是在歸國後的一年半載之內罷。不過被白太太看破的，據說是歸國後三年的民國十年。這年他又兼了某部的差事，進款也加了不少，正是他炙手可熱的當兒。他的逛窰熱跟著進款的加增，日見其高了。對於那一方面熱心，對於這一方面當然就要冷淡了。他對於白太太，便沒有如從前那般殷勤了。

他起初的逛窰，對於白太太，還是隱隱瞞瞞的，但是後來却是公然去幹了。白太太不消說是極端不以他的行徑爲然。對於他的冷遇，更是愈想愈有氣。伊想起白先生在日本時同伊發誓的事，以及先前對伊那般殷勤的情形，便禁不住常常要規勸他，終而詛罵他了。於是這個小家庭的風波，便層見疊出了。

他們起初還是口角，後來暴戾的白先生竟至用武了。但是日本的女子是最能服從的，所以伊雖受了丈夫的極大的侮辱以至打搥，也未嘗對第三者提過——其實伊在北京也沒有多少朋友可以使伊去訴苦。再則，伊實在也不敢對任何人訴說，因爲嫁給白先生是伊自己選擇、自己願意的呵。所以伊日常所受的白先生的氣，都只能堆積在心裏：而伊僅有的慰安，也只有在背地裏暗哭罷了，病魔便乘機來襲伊了。

六

一九二三年九月，日本關東地方的大震災，不知道使那邊的居民，演了多少幕悲歡離合的人情劇！白太太也是這裏頭的一個角色。

伊自從失了白先生的愛之後，便好像被推到另一個世界似的，久未想到的故國河山也常在夢裏隱現，而棄若草芥的故鄉親友又格外可戀！況一想至白先生當初待伊之厚，以及結婚前的甘言蜜語，伊便禁不住要大罵白先生沒天良了。伊的心是熱烈而單純的，加以未曾嘗過失了愛情之苦，於是悲憤、憂傷的結果，病魔卽隨而至了。

白太太在如此家庭多風波，悲憤、憂傷、病苦的當兒，忽傳來故鄉大震災的消息，伊立刻決意回家走一趟了。一來，伊去國至今已五年了，尚未回去一趟，正好借此機會回去探視親朋的安否。二來，在無可奈何的憂傷病苦中的伊，借此可以解悶養疴。三來，或者因暫時的離別，能夠挽回已失的愛情。有這三事，伊所以決意回國了。白先生對於伊的回國，當然沒有異議，唯看伊那種來時得意、去時狼狽的情形，心裏也著實難過。出發前幾日，白先生對於白太太的殷勤，實在是一二年來所未有的。

七

光陰是很容易過的，記得白太太纔回國不大一會，已是半年多的工夫了。白太太雖然很憤恨白先生，但究竟是夫妻，況逛窰的毛病並非絕對不可改除的，所以也時時想念白先生，而想再到北京來。這其間忽然接到白先生的一封信，打開一看，寫著這樣的意思的話：

「花子愛妻：自你回國之後，我便體驗了一日三秋之感，我的想戀你之情，大約是你所設想不到的！

我知道你是在憤恨我，但是我又知道你是最能原諒人的，所以我以前也許有對你差錯的地方，但是我現在已悔過自新了，你一定能原諒我吧？你回國已經有半年餘了，我日夜想你，恨不得你卽刻回到咱們的老窠。倘你事體辦完了，千祈卽日離家來京，以慰予懷，是所至囑！」

信裏並夾著一張五十元的滙票，這當然是要給伊作路費的。

白太太接了這封信，喜出望外，立刻把以前的憤恨打消了。伊心裏復預期著愛與和平的家庭的許多快樂，不遲疑地去了故國山河了。

八

但是世事多半是出人意料之外的。如白太太抱著滿腔的熱望，本打算再找白先生重過歡樂的生活，及到得北京一看，不但是舊歡難再，並且受了一場大氣，竟把舊病氣出來了。

原來白先生從日本回國之後，便承了某局長的提拔，在局內充當科長之職。某局長因與他有同鄉的關係，又同是留日學生，所以待他很不錯，他也常出入某局長之家。年久月深，他竟與局長的姨太太發生醜關係了。這種關係發生自何時，實在無從探知，唯可推想白太太回日本之後三四個月間，是他們的關係達到白熱點的時期。據說局長的姨太太，甚至有好幾次白天親自去找白先生，於此也可見其熱度的一斑了。

他們這樣大膽公然的行動，終不能永久瞞過局長了。消息傳到局長的耳中之時，正是白太太回國後四個月之後。這個活忘八的局長，登時氣得目瞪口呆，馬上想出一個口實，把白先生從局裏攆出去，姨太太也被監禁了。

一場短夢過後，白先生失了差事還不算，最難堪的是孤獨之苦！姨太太是無法再會了，八大胡同〔妓館之所在〕之路，無錢是走不通的，花子又遠在日本，想起來是萬分的懊悔。大約他是回頭一想，覺得自己的妻子纔是永久的，所以苦悶了不久，便籌得五十元，還寫了一封信，去日本促花子快來了。

白太太接了白先生的信與盤費，馬上起程，過了五六天的工夫便到北京了。白先生也很老實的把差事已丟的事告訴伊——但是丟了差事的原因，却不敢說是因為偷了局長的姨太太，並安慰伊說：

「無妨！我已有把握了，於咱們的生活絕不會發生危險。」

白太太也沒有表示什麼失望，只勉勵了他幾句。

但是不過了二三日，白先生那場短短的喜劇，便被白太太從伊的朋友的口中探來了。伊於是恍然大悟了：跟這樣獸性、虛偽的男人，豈但自己歡樂的期待，絕無實現的希望，就是生活的前途，也是十分危險的。伊的悲憤、憂傷、病苦的生活，又重複出現了。

九

究竟白太太的病，是什麼一種病，到伊死了我還沒有弄清楚。不單是我，便是醫院也沒有弄清楚。不過伊第二次到北京後，病愈確實比從前沉重了。雖然也常常好些，但若一與白先生口角，便復發作。

他們的生活，確因爲白先生謀不到好差事，大不如從前了。所幸白先生也因此而不再到八大胡同，也沒有偷人家的姨太太等事，只是有時因爲錢借不到，便回家找白太太發些丈夫的脾氣而已。這樣平淡無奇的窮生活，他們大約過了二年。白太太的病，到後來也有些起色了。

然而事情是這麼湊巧的，眞是一波未平一波復起！白太太經過了這一番的悲憤，大約伊的運命是決定的了。

這是民國十五年的初夏，白宅忽然來了一位年約十八九的妙齡少婦。這日白先生一早就出門找朋友去，留著白太太同老媽子看家。

「白老爺在家嗎？」少婦問。

「不在家，你是誰？找他幹麼？」白太太疑訝地又答又問。

「我是白老爺家裏的人，剛從四川來的。」伊也不等白太太再說話，便命車夫把行李搬到屋裏去了。白太太聽說伊是白先生家裏的人，便也就招呼伊，又叫老媽子幫伊收拾行李、倒茶……等。伊復同那少婦談起來了，彼此的話，是半通半不通的，但白太太也終於聽清楚了。

原來這位少婦，是白先生的大兒媳婦，這次上京爲的是要進女學校。據伊所說，白先生家裏有三個男孩一個女孩，大的今年已二十一歲，去年畢業了師範學校，現任小學教師。家中太太尙康健，今年三十八歲。又據伊所說，白先生娶了東洋人做姨太太的事，是二年前就知道了。

經過這番話之後，白太太好像受了死刑的判決，從脚跟一直冷到頭髮，也不管他三七二十一，撇下少婦，逕自溜回自己的房裏，關上房門，嗚嗚咽咽地哭起來了。傍晚時分，白先生回家，一入門便碰了兒媳婦，彼此雖未見過面，但是照像是看過的。兒媳婦趕快過去給翁姑行禮，並遞交了一封家書。白先生看過家信，知道事情不妙了，但是有什麼法子呢！他到了房裏一看，花子已在牀上哭得不像個人了！白先生實在也沒法子勸伊了，只得由伊去儘意哭。

這天晚上，白太太什麼也沒吃。等到半夜，忽然對白先生道：

「原來我是你的小老婆了！你在東京對我說了什麼話？可惜那班人忠告我的話我不

聽。唉，就怨我自己瞎了眼睛……」

伊又哭起來了。白先生無言可對，只是跪在牀前求恕。這時似乎所謂人類皆有的良心，已出現了。這一晚上，白先生所受良心的苛責，我們應該想像得出來。

十

白太太自從白先生的兒媳婦從鄉里來了以後，就復大病了。白先生雖然待伊較前好得多了，但是差事既謀不著，又加了一個人的用費，生活便非常地困難起來。因此，白太太也不能常到醫院拿藥。伊的病雖然有時也好些，但是病根是愈種愈深的。還有難堪的，是兒媳婦常常背著白先生同伊賭氣。伊起初病好些時，還常常勉強找朋友談天出氣，但是到了那年臘月，伊便終日倒在牀上了。過了新年之後，伊竟喫不下去飯，而以水菓、鴉片以代三食。

上元燈節那日，白先生有點事情，喫完午飯就出去了。他臨去時把病人交給兒媳婦看護。兒媳婦雖然答應了，但是伊看護的，竟是外邊的熱鬧。伊從午後四時出門，一直到晚間九時才回家。白太太氣不過，也就說了伊幾句，伊竟大發脾氣，把白太太罵得狗血淋漓。白太太登時氣昏了，恰好白先生趕回家，看了這番光景，不遲疑地打電話請了一個熟識的醫生，救了一陣，纔甦醒過來。但是這也只是伊的生命多延長了幾個鐘頭而已，翌日午前四時，白太太便和我們人類永別了。

白太太臨終時，別無遺言，只叫白先生拿一面鏡子照著伊，伊以微微的聲音歎息地說：

「白先生！我嫁給你之時，是這樣瘦得像鬼的人嗎？前後纔十年哩，你竟把我弄成這般。是運命的惡作劇呢？還是人類的殘忍？」

——本篇原載《臺灣民報》第一五五號，一九二七年五月一日出版

元旦的一場小風波

我想寫一點關於祖母的事，已經有好幾年了，然而始終未曾動筆寫過一字。最近《藝文》雜誌社來函徵求關於新年的文字，不由得又想起此事來；因爲我和祖母之間，曾於三十多年前的一個元旦發生過一場小風波故也。

那時候，我大約不過只有六七歲的樣子；照這樣算起來，祖母當時已經是七十歲的老人了。窮苦人的子女，素常時問父母要來的零錢只是幾個小制錢，多亦不過一個銅板而已。過年時所得的壓歲錢，記得大概也不過是兩三毛錢罷了。但是那一年，大姨母上我家來過年，她彷彿比我家富有，一下子就給了我一塊洋錢。我是怎樣地高興，現在還可以設想得出來——雖然當時應該是不懂得怎樣去花那一塊洋錢的。

第二天便是大年初一了。興高采烈地抱著那一塊洋錢，一清早便跑到祖母那裏去拜年。祖母是過了一輩子窮日子的人，素日連一個銅板都看得很大，何況是一塊錢呢？這是我長到十幾歲才明白的，老人家怕我把洋錢玩丟了，記不清是用了什麼方法，竟把一塊洋錢騙到她手上去。

玩了一會兒，我忽而想起我的洋錢來，逼著祖母還我的錢。祖母當然是不給的。於是乎我就拿出小孩子唯一的法寶，大哭起來了。哭了還不給，於是乎亂撞亂跳連哭帶嚷了。這樣還是不給，於是乎我就破口大罵起祖母來了。

大約這是全中國的習慣，哪一家子新年不忌哭？尤其是罵人最要不得，因爲挨罵的人是絕不會答應的。然而我一來因爲太傷了心，二來因爲素日受著祖母的溺愛，所以竟大發頑童的本性，大年初一便在祖母那裏大哭大鬧並且大罵起來了。和祖母同院居住的三伯父雖然大不高興，但是在十二分溺愛著我的祖母面前，究竟是一點辦法也沒有。

再看祖母是怎麼樣呢？不管我怎樣哭鬧怎樣撒潑，老人家一點也不改變素日那一份慈愛而且鎮靜的態度，極力安慰我，一再只是說「孩子孩子你別哭，回頭一定還你錢！」一直到我眞急了，破口大罵起來，老人家還是那麼樣的，臉上毫無怒容，只說了一句「你罵奶奶，小心雷響！」

冬季沒有雷，就是六七歲的孩童也知道的。但是辱罵長上是不孝大逆，雷公專爲管敎這種人而存在的：因爲從小就受了這樣的教育，所以經祖母一提醒，童心中也眞有些害怕似的，記得是就那麼樣我就不罵不鬧也不哭了。祖母坐在板凳上，我站著讓老人家摟在懷裏，這情景，此刻還歷歷如在眼前。那時，我對於祖母一句雷響的應酬是「雷把我劈死，您不用哭才好哪！」我對於祖母對我的溺愛是怎樣地意識著，是怎樣地自沉願於溺愛之中，由於這句撒嬌的回答便可以概見了。

元旦祖孫之間的一場風波，結果由雷公充了魯仲連和平解決了。後來那一塊洋錢究竟怎樣地發落了，我始終沒有想起來。

我自從二十歲前後以來，不曉得爲什麼，竟是和夢結了不解之緣。夜夜一入睡鄉，同時便入了夢鄉；睡個午覺也夢，打個瞌睡也夢。而夢中邂逅次數最多而且最眞切的人物，除了我的父親便是我的祖母。這幾年來，也許是因爲日日的生活切迫無暇追憶往事，也許是因爲死別的年數過久，心目中的祖母的映像褪淡了，已經不常入夢，夢也不那麼眞切了。

然而我對於祖母的感情，隨著年齒加多益發濃厚起來。十七歲那年祖母去世的時候，我摟著屍體足足哭了一天一夜；直到現在，一想起當時的情景，還阻不住兩道熱淚由眼角奔湧出來哩！

祖母活了八十歲，她的一生爲人可以拿「克苦耐勞謙和慈愛」八個字概括。她在我們張家，據我所知道，並未曾享過幾年福。然而她從未有一句怨言，對人永遠是那麼謙和，對子孫始終是那麼慈愛，而對我這麼一個頑皮的孫兒，最是無條件地疼愛。我常常地感著不能由我的力量使老人家享受幾年人世的幸福，實在是一件終身的憾事！同時又常常想著，隨時隨地老人家的靈魂都像生前疼愛我那樣在保佑我。所以自從我成家以後，每逢有得意的事或悲哀的事，頭一個便要想起祖母來。而得意時感著悵惘，悲哀時可以得到安慰。

我那可憐的，慈愛的祖母，如果還活著的話——事實上我此刻還想著如果還活著多好呀——今年該是一百零六歲了。她去世至今已經二十六年，換言之，已經過了二十六個元旦了。每逢元旦，我總要想起三十幾年前這場小風波，覺著萬分的難受和懺悔！

今天是冬至日，我家照例要供祖先，所以加重地勾起我懷念祖母的心情。祖母在世時嗜魚甚於肉，所以每次供祖先時，供品中只有魚是不能缺的——雖然結果還是一樣嗜魚的我自己受實惠的。今天除照例多備了兩條魚以外，還寫了這篇短文紀念祖母。

——本篇作於一九四四年十二月二十二日，原載《藝文》雜誌第三卷第一期，一九四五年一月出版

臺灣新文學運動的奠基者
——張我軍

秦賢次

張我軍，原名淸榮，後改名我軍，字一郎，筆名有憶、小生、大勝、四光、以齋、迷生、芨君、野馬、雲逸、劍華、憶郎、廢兵、老童生、張四光、張以齋、鐵筆生、植民一郎、M. S. 等，書齋名野馬書屋。民前十年陰曆九月初六（公元一九〇二年十月七日）生於臺灣省臺北縣板橋鎭，祖籍爲福建南靖。

張我軍出身貧窮之家，祖父早逝，父親名阿昌，原先在板橋經營一爿小雜貨店，後改行做土木工程包商，因係半路出家，包工有時賠本，生活過得頗爲拮据。因此，張我軍在十三、四歲自板橋公學校畢業後，即前往臺北在鞋店當學徒。二年之後，偶遇新高銀行裏理林木土，乃經其介紹入新高銀行當工友。

林木土，字筱甫，出身板橋世家，大張我軍九歲，民國元年至三年在板橋公學校任教（註一），曾經擔任張我軍的老師。張我軍在新高銀行服務一年多，即因做事勤快細心，升任雇員。其後，新高銀行成立桃園支店，張我軍又以精嫺業務，調往桃園當店長助手。

張我軍在臺北新高銀行服務時，深感學歷不如人，乃力爭上游，夜間在成淵學校補習中學課程；星期假日則在艋舺跟一位遜清秀才趙老先生學習詩詞古文。

民國十年，張我軍由新高銀行調往廈門支店服務。新高廈門支店成立於民國七年，支店長卽由林木土擔任。廈門是上海和香港之間的一個大港，不但市面十分繁榮，也是閩南人文薈萃之區，張我軍來到廈門後，除了做林木土的有力幫手外，開始接觸到祖國的文化，並將名字由淸榮改爲我軍，業餘還跟當地一名老秀才攻讀中國舊文學，「我軍」兩字卽係這位秀才使用過的筆名之一（註一）。

民國十一年，張我軍因父親在故鄉去世，曾爲奔喪回臺一次。

民國十二年七月，新高銀行因爲受到第一次世界大戰後長期經濟恐慌的打擊，終於不堪賠累而結束營業。同年八月十二日，新高銀行與嘉義銀行雙雙合併到臺灣商工銀行（卽目前第一商業銀行前身），張我軍領了一筆遣散費後，於是年初冬由廈門搭船前往上海，在茫茫人海中試圖尋找新的出路。

先是，民國十二年十月十二日，臺灣最爲堅強熱心的民族自決主義者蔡惠如、彭華英、許乃昌等人共同召集在上海留學的臺灣學生十餘人假南方大學成立「上海臺灣青年會」，謀求臺灣脫離日本統治。同年十二月十六日，臺灣發生「治警事件」，臺灣議會設置運動領導者多數被日人逮捕繫獄，張我軍來到上海後，除即加入「上海臺灣青年會」外，並出席該會於十三年一月十二日在務本英文專門學校召開的「上海臺灣人大會」。會中，張我軍與謝廉清等除發言嚴責臺灣內田總督之暴政外，並被舉爲執行委員，作成決議文添附趣意書，分寄日本總理大臣及其他有關臺灣官衙，以喚起輿論（註二）。會後不久，張我軍又由上海來到北京。

張我軍到了北京後，先投奔在廈門時認識的鄉友張鐘鈴（後改名張鳴，字驚聲，係已故之淡江英專第一任校長。），不久即到國立北京師範大學附設的夜間部補習班勤學北京話。十三年三月二十五日，在北京寫下了他生平的第一篇文學創作，即後來收於《亂都之戀》詩集中的第一首詩〈沉寂〉：

在這十丈風塵的京華，
當這大好的春光裏，
一個T島的青年，
在戀他的故鄉！

在想他的愛人！
他的故鄉在千里之外，
他常在更深夜靜之後，
對著月亮興歎！
他的愛人又不知道在那裏，
他常在寂寞無聊之時，
詛咒那司愛的神！

這首情詩實際上係張我軍被愛神之箭射中後，偷偷寫給同在補習班上課但仍未相識的未來夫人羅文淑女士的。羅女士係湖北黃陂人（學籍證書上登記爲福建思明），當時肄業於北京尚義女子師範學校，爲了儘快提高學業，利用課餘到補習班補習功課。其後，羅女士嫁給我軍，改名心鄉，二十年夏自國立北平女子師範大學國文系畢業。

〈沉寂〉與我軍另一首新詩〈對月狂歌〉後來於同年五月十一日以「一郎」筆名發表在《臺灣民報》旬刊二卷八號上，這是臺灣新文學史上第一次出現的二首新體白話詩。

同年四月六日，張我軍在北京寫下了他那轟動一時的名文〈致臺灣青年的一封信〉。該文旋於四月二十一日發表在《臺灣民報》旬刊二卷七號上，這是張我軍問世的第一篇文章，也是不久之後引起臺灣文學界「新舊文學論戰」的導火線。張我軍在信中曾語重心長地說：「諸君怎的不讀些有用的書來實際應用於社會，而每日只知道做些似是而非的詩，來做詩韻合解的奴隸，或講什麼八股文章代替先人保存臭味。……想出出風頭，竟然自稱詩翁、詩伯，鬧個不休。」

很顯然的，身在北京的張我軍雖然處在「五四運動」的低潮中，仍然強烈地感受到祖國新文學運動的餘波。就像胡適之先生係國內首位倡導文學革命一樣，張我軍是臺灣作家中對舊文學抨擊發難的第一人。

同年六月十六日，張我軍寫下了一組十首的新詩，題名〈無情的雨〉，後來發表於七月十一日出版的《臺灣民報》二卷十三號。由詩中，我們看得出張我軍已與羅文淑陷於戀愛之中了。

同年八月十六日及十月十四日，新詩〈遊中央公園雜詩〉（共六首）及〈煩悶〉分別發表於由孫伏園主編的北京《晨報副刊》上，均署名「一郎」。這是臺灣作家在《晨報副刊》上發表文學作品的第一人。應該補充說明的是，臺灣人氏在《晨報副刊》上發表文章的第一人係美術家王悅之（劉錦堂），文章名〈我畫展覽批評〉，時間爲十一年七月二十六日。據筆者考證，張我軍第一次在《晨報副刊》發表作品時，還比大作家沈從文早四個月多哩（註四）！二人係先後由遙遠的故鄉來北京求學，而當時正式學歷均僅止於小學畢業而已。

同年十月下旬，張我軍回到闊別將近四年的故土，旋在臺北擔任《臺灣民報》編輯，《臺灣民報》是一份十六開綜合性刊物，當時係旬刊，在臺北編輯，於東京印行，全部採用白話文。

張我軍回臺灣後發表的第一篇文章，即是〈糟糕的臺灣文學界〉，署名一郎。該文登載於十一月二十一日出版的《臺灣民報》二卷二十四號。文章對當時遍布全臺各地的舊詩社及舊詩人可說極盡嘻笑怒罵之能事，終於引起以連雅堂爲首的舊詩人之反擊，也揭開了臺灣「新舊文學論戰」的序幕（註五）。

在此後二年半間，張我軍在《臺灣民報》上陸續發表了近五十篇文章，其中有論文、短評、雜感、新詩、散文、遊記、短篇小說，此外還有七篇譯文。其重要作品計有下列各篇：

〈爲臺灣的文學界一哭〉（二卷二十六號）、〈歡送辜（鴻銘）博士〉（同上）、〈請合力拆下這座敗草欉中的破舊殿堂〉（三卷一號）、〈絕無僅有的擊鉢吟的意義〉（三卷二號）、〈揭破悶葫蘆〉（三卷三號）、〈文學革命運動以來〉（三卷六、七、九號）、〈復鄭軍我書〉（三卷六號）、〈遊中央公園雜詩〉（六首，同上）、〈隨感錄〉（三卷六、十、十二、十八及六三、九四等號）、〈研究新文學應讀什麼書？〉（三卷七號）、〈煩悶〉（詩四首，同上）、〈詩體的解放〉（三卷七、八、九號）、〈生命在，什麼事做不成？〉（三卷十號）、〈春意〉、〈弱者的悲鳴〉（詩二首，六一號）、〈新文學運動的意義〉（六七號）、〈至上最高道德—戀愛〉（七五號）、〈「中國國語文作法」（一名：白話文作法）導言〉（七六號）、〈文藝上的諸主義〉（七七、七八、八一、八三、八七、八九等號）、〈抒情詩集《亂都之戀》的序文〉（八五號）、〈南遊印象記〉（九一—九三、九五、九六號）、〈買彩票〉（短篇小說，一二三—一二五號）、〈白太太的哀史〉（署名：憶，短篇小說，一五〇—一五二、一五四、一五五號）等。

在上述理論文字中，張我軍除了對臺灣舊文學加以無情批判外，也積極地引介祖國大陸新文學運動的經過始末，並對胡適的「八不主義」與陳獨秀的「三大主義」等文學革命理論詳加解說。最後並提出建設性的主張，認爲文學寫作須以白話（中國國語）爲工具；而有音無字的臺灣方言應依中國國語加以改造，使成爲言文一致的文學語言。無疑地，張我軍確實爲臺灣新文學的播種、催生起了最大的作用。

此外，在日本政府嚴厲的思想箝制下，張我軍敢冒大不韙，毅然宣稱「臺灣文學乃中國文學的一支流」，指出臺灣文學與大陸文學密不可分的血緣關係。葉石濤先生因而高度讚揚張我軍「代表了臺灣作家不畏強權的道德良心。」〔註六〕

在思想理論與創作實踐上，張我軍可說是「言行一致」的。大陸文學評論家武治純先生曾在〈《亂都之戀》重版代序〉上稱讚張我軍說：「他的第一部新詩集《亂都之戀》和一系列散文、小說及評論作品，完全採用以北京話為基礎的漢語普通話寫作，文學語言清新、活潑、明暢、通俗，適應了臺灣文學語言民族化、羣衆化的要求，有利於全國各地人民閱讀，有利於反映出他的創作主導思想中的革新意識和現代意識。」〔註七〕

《亂都之戀》係民國十四年十二月二十八日，由作者自費在臺北出版發行，這是張我軍的處女作，也是臺灣新文學史上的第一部新詩集。張我軍因而可以說是臺灣第一位新詩人。《亂都之戀》由作者標明為「抒情詩集」，書寬九・五公分，長十七公分，計五十六頁，除〈序詩〉一首外，收有十一篇五十五首新詩。其中三十三首寫於北京，十五首寫於回臺的海上途次，七首寫於臺北。其中，部分曾發表於北京的《晨報副刊》，臺北的《人人雜誌》，以及《臺灣民報》上。寫作的時間，則為十三年三月迄十四年三月。值得一提的是，收於集中的第一首詩〈沉寂〉，也是臺灣文壇上第一首白話新詩。

為了提倡以白話為寫作的工具，張我軍也寫了一本《中國國語文作法》（一名：白話文作法〉，於十五年二月在臺北自費出版。所謂「國語文」即「白話文」，以別於「文言文」。這是張我軍爲了達成「白話文學的建設，臺灣語言的改造」之宏願，特地費神寫成，以供臺人學寫白話文用的。

除了是理論家與新詩人外，張我軍也在早年寫過三篇短篇小說。〈買彩票〉發表於十五年九至十月出版的《臺灣民報》；〈白太太的哀史〉分別發表於十六年三至五月出版的《臺灣民報》，以及十八年六月在上海出版的《婦女雜誌》十五卷六期；《誘惑》發表於十八年四月出版的《臺灣民報》二五五—二五八號。

陳少廷先生在《臺灣新文學運動簡史》一書上說，民國十五年，《臺灣民報》先後刊出了懶雲（賴和）的〈鬪鬧熱〉、雲萍生（楊雲萍）的〈光臨〉、張我軍的〈買彩票〉，臺灣的新文學「自此開始才有眞正價値的新小說出現。」（註八）

張我軍對臺灣新文學運動的另一大貢獻是「撒播五四新文學火種」，他的做法係用心地在《臺灣民報》上轉載各種體裁的大陸著名作家的作品。在每篇作品之後，張我軍還不憚其煩地以「一郎」筆名附記該位作者的生平及重要著作，以幫助讀者了解並加深印象。轉載的作品以魯迅所作者爲最多，均爲短篇小說，先後有〈鴨的喜劇〉（三卷一號）、〈故鄉〉（三卷一〇—一一號）、〈狂人日記〉（三卷一八號）、〈阿Q正傳〉（八一—九一號）；其他有淦女士（馮沅君）的小說〈隔絕〉（三卷五、七號）、冰心女士的小說〈超人〉（三卷一二號）、郭沫若的新詩〈仰望〉（三卷一八號）、西諦（鄭振鐸）的新詩〈牆角的創痕〉（七四號）、焦菊隱的新詩〈我的祖國〉（同上）、劉夢葦的論文〈中國詩底昨今明〉（一〇一、一〇二號）等。

根據以上的論述，我們可以斷言，在民國十三至十五年間的啓蒙期臺灣新文學運動中，張我軍不論在理論上或係創作上均是其間功績最大，影響也最大的一位作家，一如「開風氣之先」的胡適之先生對大陸早期新文學運動的偉大貢獻然。胡適之先生係大陸新文學運動的奠基者，他除了是對舊文學發難的第一人外，他的新詩集《嘗試集》初版於九年三月，也是大陸新文學第一本個人詩集。

在張我軍回臺參加《臺灣民報》編輯期間，曾於十四年春加入以蔣渭水、楊朝華、翁澤生、鄭石蛋等爲主發起成立的「臺北青年體育會」與「臺北青年讀書會」兩個社團。上述兩社團係由一羣具有社會革命思想的青年知識分子，爲了抵制反抗臺灣總督府對臺胞的高壓政策而成立的。他們「在這所謂非政治性親睦團體的合法掩飾下，自一九二三年九月起不間斷的會合於『文化協會』讀報社內，共同研討共產主義或無政府主義等。」這些臺北的青年知識分子起初是三十餘人，後來成員擴及全島，曾經多達二百人以上。張我軍曾應邀於十四年三月爲「臺北青年體育會」演講，講題爲〈生命在，什麼事做不成？〉在《臺灣警察沿革誌》中，曾列有這兩個社團彼時六十六名積極分子的名單

，張我軍卽爲其中之一。〔註九〕

十四年四月，張我軍接到摯友洪炎秋發自北京的電報，告訴女友羅文淑有被長輩脅迫與他人成親的危險。張我軍立卽從臺灣匆匆搭船趕回北京，說動女友一起情奔。二人乃一同南下，經由上海、廈門再搭船來臺灣，住在《臺灣民報》社。同年九月一日，經由雙方家長同意後，二人在臺北江山樓舉行婚禮，由林獻堂作證婚人，王敏川作介紹人，完成了這段始而崎嶇終歸美滿，具有不平凡的時代意義之姻緣。

十五年六月，張我軍夫婦摒擋一切再度前往北京，租到永光寺街吳承仕先生的外院居住，準備求學深造。抵達北京之後，張我軍繼續譯完經已在《臺灣民報》上連載多期的〈弱小民族的悲哀〉（日本社會主義政論家山川均原著）一長文。張我軍在該文的〈譯者附記〉上沉痛地說道：「我在翻譯之間，一陣陣的悲哀、慚愧和痛快之感，輪流著奔到心頭！有許多自己所不知的，或知而不詳的事——且與咱們全島民的死活有大關係的事——山川先生却詳詳細細地在日本第一大的雜誌《改造》宣布出來。又有許多自己所不敢說的，或說而不說到痛快的話，山川先生却替咱們痛快地吐露於日本第一有權威的雜誌《改造》上面。」〔註一〇〕

在譯完〈弱小民族的悲哀〉後一個月多，張我軍於八月十一日到魯迅寓所拜訪魯迅，除了贈送四本剛出版的《臺灣民報》（卽一一三—一一六）外，並悲憤地向魯迅訴說

：「中國人似乎都忘記了臺灣了，誰也不大提起。」〔註一一〕魯迅在八個月後曾不勝噓唏地回憶：「我當時就像受了創痛似的，有點苦楚，但口上却道：『不。那倒不至於的。只因爲本國太破爛，內憂外患，非常之多，自顧不暇了，所以只能將臺灣這些事情暫且放下。……』」〔註一二〕

十五年秋，張我軍考入北京私立中國大學國學系，就讀一年。爲求功課不落人後，張我軍時常苦讀至三更半夜，終於引起房東卽國學大師吳承仕先生的注意與賞識。

十六年三月十五日，張我軍與蘇維霖（薌雨）、洪槱（炎秋）、宋文瑞（斐如）、吳敦禮等臺灣同鄉好友在北京共同創辦一份月刊，取名《少年臺灣》，希望喚起國人對臺灣的關切。當時，蘇薌雨爲北大哲學系三年級學生，洪炎秋爲北大教育系二年級學生，宋斐如爲北大經濟系一年級學生，吳敦禮爲北京法政大學政治系一年級學生。《少年臺灣》由張我軍、宋斐如先後主編，前後發行約有一年之久，終以在北京求學且能執筆的臺灣學生過少，加之籌集印費十分困難，寄回臺灣又常被查禁沒收，無法達到預期宣傳目的而宣告停刊。〔註一三〕

十六年八月，吳承仕先生新任國立北京師範大學（時名國立京師大學校師範部，十七年十一月改稱國立北平大學第一師範學院，十八年八月起又改稱國立北平師範大學。）國文系系主任。吳承仕先生以憐才故，勸張我軍轉學北師大，一來可以免交學費節省開支，二來就近上課亦較省時方便。是年十月，張我軍以日本國學院大學高等師範科畢業之學歷插班轉入北師大國文系三年級肄業，當時同學共十七人。〔註一四〕十八年六月，張我軍自北師大第十七屆國文系畢業，同學共十六人，其中後來成爲名家者，除張我軍外，知有圖書館學家的王重民（有三），新文學史家的賀凱（文玉），歷史學家的劉汝霖（澤民）等三位先生。〔註一五〕

張我軍在北師大畢業那年，曾與同學共十二人發起成立文學社團「星星社」，不久之後又改名爲「新野社」。筆者由「新野社」發行的社刊《新野月刊》（十九年九月十五日出版，僅出一期）上，得知「新野社」社員有張我軍、何秉彝（我軍同班）、兪安斌（質夫，十八年體育系畢業）、葉鳳梧（蒼岑，二十一年國文系畢業）、楊獨任（西挺，同上）、戚維翰（墨緣，二十三年國文系畢業）、周柳門、陳季哲、石泉等人。張我軍是該刊上唯一發表二篇文章的社員，除寫有〈從革命文學論無產階級文學〉一文外，並譯有〈高爾基之爲人〉（日本黑田乙吉原作）一文。

張我軍自北師大畢業後，以精通日文故，隨卽爲母校延攬爲日文講師，後來又在北平、中國兩大學兼敎日文。以時間論，張我軍是臺人中第一位在國內大學講授日語者。二年之後，前副總統謝東閔（學名求生）先生在廣州國立中山大學政治系畢業，也隨卽擔任該校日文講師，可說南北輝映。

除了在大學從事日本語言文字的教學工作外，由於當時文藝界名流諸如周作人、錢稻孫等的吹噓推薦，張我軍自北師大畢業後，其翻譯文字卽不時出現於《北新半月刊》、《華北日報副刊》、《語絲》週刊、《東方雜誌》、《小說月報》、《哲學評論》、《文藝戰線》、《輔仁學誌》、《讀書雜誌》、《文藝月報》等南北著名刊物上。（註一六）此外，自求學時代卽開始翻譯的各種譯作也紛紛出版，已知有《生活與文學》（有島武郎著，十八年六月上海北新書局出版）、《社會學概論》（和田桓謙三著，十八年上海北新書局出版）、《煩悶與自由》（立淺次郎著，十八年九月上海北新書局出版）、《賣淫婦》（葉山嘉樹著，十九年七月上海北新書局出版，收短篇小說十一篇）、《現代日本文學評論》（宮島新三郎著，十九年七月上海開明書店出版）、《現代世界文學大綱》（千葉龜雄等著，十九年十二月上海神州國光社出版）、《文學論》（夏目漱石著，二十年十一月上海神州國光社出版）、《人性醫學（附戀愛學）》（正木不如丘著，二十一年北平人文書店出版）、《法西斯主義運動論》（今中次磨著，二十二年北平人文書店出版）、《資本主義社會的解剖》（山川均著，二十二年北平青年書店出版）、《中國土地制度的研究》（長野郎著，二十三年上海神州國光社出版）、《中國人口問題研究》（飯田茂三郎著，與洪炎秋合譯，二十三年十月由北平人人書店出版，列爲《人人叢書》第一種）。

其中，張我軍翻譯的《人類學泛論》一書，曾由當時北平靜生生物調查所副所長胡先驌先生的總校閱與增補（第五章第三節部分）。張我軍的次子，即目前名滿中外的考古人類學專家張光直博士，在少年時即因嗜讀該書，而以第一志願考上臺灣大學考古人類學系，又以全校第一名畢業的。

張我軍在北平闖出名號後，自民國二十一年起，逐漸由翻譯日文名著之生涯，轉至從事日文與日語讀本及期刊的編著與出版發行工作，同時除照舊在各大學講授日文外，也開始在家中設立日文補習班，除學生外，當時北平社會名流如成舍我、雷嗣尙等好些人也跟他學習日文。這時，張我軍已卓然成爲我國日文大家，並躋入故都學者之林。

張我軍這時期在北平編著出版的日文研究書刊也頗繁多，迄抗戰前夕，編著的書籍有：《日語基礎讀本》（二十一年，人人書店出版，曾發行過九版，也爲十幾所大學採用作教本，係張我軍著作中之最暢銷書）、《日本語法十二講》（二十一年九月，人人書店出版）、《高級日文自修叢書》（日漢對譯詳解。出有二種，二十三年，人人書店出版）、《現代日本語法大全》（分析篇，二十三年八月；運用篇，二十四年，人人書店出版）、《日語基礎讀本自修教授參考書》（二十四年一月，人人書店出版）、《高級日文星期講座》（預計十册，已出三册，二十四年人人書店出版）、《日文自修講座》及《標準日文自修講座》（共五册，前四册爲「口語」，第五册爲「文語」，二十五年，人人書店出版）。主編的刊物有《日文與日語月刊》一種。該刊係二十三年一月創刊，迄二十四年十二月停刊，人人書店印行，前後共發行三卷，其中第一卷出十二期，二至三卷各出六期，總計二十四期。該刊不但是民國以來國人創辦的第一份研究日文期刊，相信也是迄今爲止唯一的一本。筆者認爲，抗戰之前，張我軍在國人學習日文、日語的貢獻上，是無人曾出其右的。

二十五年十一月初旬，北平市長袁良辭職，由秦德純繼任。新任之北平社會局長卽爲曾跟我軍學習日文的雷嗣尙，雷卽邀請張我軍出任社會局祕書。據當時同在北平的洪炎秋先生回憶：「（張我軍）實際上是替市長辦理對日本交涉的事務。當時日本人氣燄囂張，蠻不講理，十分難纏，我軍只受命於艱危之際，每能運用他明晰的理智和流暢的日語，解決困難，達成任務。二十六年六月間（應爲七月下旬——筆者）軍事形勢惡化，二十九年軍倉卒撤出平津，北平市政府的官員，也祕密隨軍撤退，我軍兄事先未曾受到絲毫的暗示，致被遺棄而淪陷。他忠而見疑，對於秦、雷深表不滿。」（註一七）

抗戰期間，張我軍一直滯留北平。除了爲謀生起見，曾擔任僞北京大學文學院教授外，不願再出任任何公職。餘暇則大多致力於翻譯及創作，以稿費挹注日見拮据的生活費用，發表的刊物主要有二十七、八年之《北京近代科學圖書館館刊》（不定期刊），二十八、九年之《中國文藝》（月刊），三十、三十一年之《華文大阪每日》半月刊，三十一年之《中國留日同學會季刊》，三十一、二年之《國立華北編譯館館刊》，三十一——四年之《日本研究》（季刊），三十二、三年之《藝文雜誌》（月刊）與《文學集刊》（季刊），三十三年之《中國文學》（月刊）等。

其中，《中國文藝》係二十八年九月一日創刊，由二十七年才來到北平的臺灣作家張深切任發行人兼主編，張我軍與洪炎秋均義不容辭應邀為該主刊主要撰稿人，張我軍且曾代編過第一卷第三期。據洪炎秋先生在三十七年一月出版的《閒人閒話》一書之〈小引〉上說及，在張深切編滿一年共十二期後，「經人告密，認為該刊時有違礙的文字出現，跡近『反動』，張君疊被傳訊，終於為敵軍的報導部所查封，派由他們的『武德報社』接收續辦。」在《中國文藝》上，張我軍曾以「小生」、「迷生」等筆名及本名寫有〈秋在古都〉、〈京戲偶談〉、〈評菊池寬的《日本文學案內》〉、〈病房雜記〉等文。在抗戰時期的北平，張我軍、洪炎秋、張深切三位可說是臺灣作家的三劍客。

在《華文大阪每日》上，張我軍曾以「以齋」筆名翻譯日本作家菊池寬的名作《日本文學指南》一書，自三十年七月一日第六十五號起，迄三十一年五月一日第八十五號止連載完畢，可惜後來未見出單行本。

除了在雜誌上發表創作或翻譯作品，張我軍也在抗戰時期出版過幾本書，主要有《日語模範讀本》（二卷，二十八年人人書店出版）、《現代日本短篇名作集》（張深切編，張我軍、洪炎秋等譯，三十一年八月，北平新民印書館出版）、《日本童話集》（對譯詳註，上下冊，三十一年十月及三十二年五月分由北平新民印書館出版）、《黎明》（長篇小說，武者小路實篤原著，三十三年四月，上海太平書局出版）。

在對日抗戰時期，張我軍始終堅守不做官的原則。但在抗戰後期，張我軍曾兩次由北平前往東京參加由「日本文學報國會」主催的「大東亞文學者大學」，頗為時人所不諒解。第一次「大東亞文學者大會」於三十一年十一月三日開幕，中國華北代表有錢稻孫、沉啓无、尤炳圻、張我軍；華中代表有周化人、許錫慶、丁雨林、潘序祖（予且）、柳存仁（雨生）、龔持平、周毓英；滿洲代表有爵靑、古丁、吳瑛、小松等；臺灣代表有龍瑛宗、張文環等。〔註一八〕

第二次「大東亞文學者大會」於三十二年八月二十五日開幕，中國華北代表有陳綿、沉啓无、方紀生、蔣崇義、張我軍；華中代表有陶亢德、周越然、章克標、丘韻鐸（木石）、魯風、陳寥士、柳存仁、關露（女）等；滿洲代表有田兵等；臺灣代表有楊雲萍、周金波等。〔註一九〕

對於張我軍兩次參加「大東亞文學者大會」的動機，了解我軍最深的洪炎秋先生有極中肯的說明：「他所以出席這個會的原因，一半由於周作人、錢稻孫等先輩的邀約，一半由於他一直以教授日文，名重一時，而平生不曾到過日本，在講解上難免常感困難

，所以他想藉這次的招待，到日本各名勝去遊覽一番，以幫助教學，動機十分單純。」〔註二〇〕

據我推測，張我軍想去東京還有一重大原因，卽想去會見一些心儀已久的日本名作家。第一次在東京時，張我軍曾會見了武者小路實篤與島崎藤村兩位作家。武者係張我軍業師周作人的好友；島崎則是張我軍正在《國立華北編譯館館刊》連載中的長篇小說譯作〈黎明之前〉〔註二一〕一書的作者。第二次在東京時，張我軍又與武者會面數次，並徵求武者同意翻譯他的近作長篇小說〈黎明〉（原名：〈曉〉）。〔註二二〕

三十四年八月，抗戰勝利，旅平的臺灣同胞起而組織「北平臺灣同鄉會」，推洪炎秋先生爲會長，主辦將被日軍徵用到華北來的三千位臺胞順利遣返家鄉。張我軍則擔任會中一個服務隊的隊長，盡心協助工作之進行。

三十五年夏秋間，張我軍攜眷返到臺北，擔任甫於七月一日成立的「臺灣省教育會」編纂組主任，時教育理事長爲我軍好友游彌堅。翌年，應文友之邀前往臺中合辦六合書局，編印過三册國語讀本，取名《國文自修講座》，於是年秋出版。〔註二三〕三十七年春，在書局歇業後，又應竹馬老友邀請，回臺北擔任「臺灣省茶業商業同業公會」祕書，並負責主編《臺灣茶業》季刊。《臺灣茶業》於三十七年七月創刊，迄三十八年一月停刊，共發行三期。在該刊上，張我軍曾寫有〈採茶風景偶寫〉（一期）、〈山歌十首〉（二期）、〈埔里之行〉（三期）等文。

三十八年八月，應謝東閔先生之邀，任「臺灣省合作金庫」業務部專員，時金庫理事長爲謝東閔，總經理爲劉明朝，業務部經理爲周肇春。同年十二月，調新設之研究室專員。三十九年七月，繼李淦任研究室主任，以迄逝世爲止。

張我軍在研究室主任任內，才較能發揮其所長，除綜理該室業務外，親自整理臺灣合作史料，主編《合作界》雜誌，對於合作文獻整理與理論研究貢獻良多。其間，並兼任合庫棒球部長，對員工棒球訓練至爲熱心，後來合庫棒球隊曾長期成爲臺灣棒球勁旅，張我軍之功實不可泯。

《合作界》創刊於三十九年四月十五日，每月發行一次，由張我軍主編，其前身係《臺灣合作金融通訊》不定期刊。張我軍在〈發刊詞〉上說明，希望《合作界》的創刊「能夠充任全省合作界的神經網，使全省的合作事業單位形成一整個有機體，痛癢無不隨時相關。」同時也「希望她擔當全省全作界的喉舌，溝通政府和同業的意志，或向民衆宣傳合作教育。」

《合作界》月刊發行十二期後，爲了充實論著文章，增加調查報告和介紹，自四十年七月七日起改爲季刊，期數又從一號開始，四十四年十月十五日發行至第十八期以後，因張我軍去世，才改由研究室同人合編。

張我軍在《合作界》上曾以編者、記者、雲逸、以齋、張以齋、張四光、老童生、也算體育記者等筆名，以及張我軍本名寫過許多論著、遊記、特寫、通訊、調查報告、體育報導等等各種不同體裁的文章。其中，僅有署名「以齋」的〈城市信用合作社巡禮雜筆〉一文曾被選入我軍長次二子所編的文集當中。

張我軍在服務合作金庫期間，亦曾利用業餘時間編著《日華辭典》，已完稿數十萬字，可惜未竟全功，卽賫志以歿，實殊深惋惜。〔註一四〕

張我軍在四十四年八月杪因身體不適，乃請假休養並延醫診治，始知罹患肝癌，雖經醫生悉心調護，無奈病入膏肓，醫藥罔效，終於十一月三日上午十時半逝於寓所，享壽五十又四。

張我軍育有四子。長子光正，十五年生，現居北京，曾編有《張我軍選集》一書，一九八五年十一月，由北京時事出版社出版，三十二開，計二二六頁，列爲《臺灣叢書》之一。次子光直，二十年生，現居美國波士頓，目前是哈佛大學考古人類學教授兼該校東亞研究委員會主席，也是我國中央研究院院士，曾編有《張我軍文集》一書，六十四年八月，由臺北純文學出版社出版，三十二開，計一七八頁。三子光誠，二十六年生，現與母親同居紐約。四子光樸，三十一年生，現居芝加哥。

七十六年六月，大陸瀋陽之遼寧大學出版社曾重印張我軍之《亂都之戀》一書，三十二開，計八十頁，列爲《現代臺灣文學史教學參考叢書》第一種，除收原版《亂都之戀》五十五首抒情詩外，並加上極具參考價值的〈附錄〉三輯，已重新引起大陸學人對日據時期臺灣新文學的奠基者張我軍先生的重視，並給予高度評價。

七十七年八月三十一日初稿
七十九年五月三十一日二稿

註釋

註一：參見《臺灣人士鑑》四六九頁「林木土」條，原書係昭和十二年（民國二十六年）九月，由臺北臺灣新民報社編印。

註二：民國七十七年七月十三日晚張光直先生在林海音女士寓所面告筆者。

註三：參見蔡培火、葉榮鐘等五人編著之《臺灣民族運動史》第九十九頁，原書係民國六十年九月，由臺北自立晚報叢書編輯委員會出版。

註四：參見《五四時期期刊介紹》第一集下册，一九七八年十一月，由北京三聯書店出版。

註五：參見陳少廷著《臺灣新文學運動簡史》二二—三四頁，原書係民國六十六年五月，由臺北聯經出版事業公司出版。

註六：見葉石濤〈走過紛爭歲月，邁向多元年代——臺灣文學的回顧與前瞻〉一文，載七十四年十月二十九日臺北《自立晚報》副刊。

註七：載張我軍著《亂都之戀》（重版），一九八七年六月，瀋陽遼寧大學出版社出版。

註八：同註五頁三七。

註九：參見史明著《臺灣人四百年史》上冊五一三—五一四頁，原書係一九八〇年九月由美國加州聖荷西蓬島文化公司初版，民國七十七年臺北自由時代週刊社翻印再版。

註一〇：載《臺灣民報》週刊第一一五號，民國十五年七月二十五日東京發行。

註一一：見魯迅〈寫在『勞動問題』之前〉一文，載《魯迅全集》第三冊《而已集》第四二五頁。原書係一九八一年，由北京人民文學出版社出版。

註一二：同註一一。

註一三：見洪炎秋〈楊肇嘉回憶錄序〉一文，原書係民國五十六年二月，由臺北三民書局出版。

註一四：載木柵教育部學籍檔案中之〈國立京師大學校師範部十六年度第一學期學生一覽表〉。唯據洪炎秋先生言，張我軍一生從未到過日本留學，故筆者推測可能係以通訊教學獲得學位。

註一五：見《國立北平師範大學畢業同學錄》一六八—一六九頁，原書係民國二十六年四月，由該大學祕書處畢業生事務部編印。

註一六：筆者查知有：

1. 〈創作家的態度〉（豐島與志雄原作），載上海《北新》半月刊三卷十期，十八年五月十六日出版。
2. 〈創作家的資格〉（武者小路實篤原作），載十八年七月二十七年北平《華北日報》副刊。
3. 〈洋灰桶裏的一封信〉（短篇小說，葉山嘉樹原作），載上海《語絲》週刊五卷二十八期，十八年九月二十三日出版。

4.〈小小的王國〉（短篇小說，谷崎潤一郎原作），載上海《東方雜誌》半月刊二十七卷四期，十九年二月二十五日出版。
5.〈文學研究法——最近德國文藝學的諸傾向〉（高橋禎二原作），載上海《小說月報》二十一卷六期，十九年六月十日出版。
6.〈龍樹的教學〉（譯），載北平《哲學評論》季刊三卷三期，十九年八月出版。
7.〈俄國批評文學之研究〉（譯），載北平《文藝戰線》週刊一——十五期，二十年九月十五日起連載。
8.〈自考古學上觀察東亞文明之黎明〉（譯），載北平《輔仁學誌》半年刊二卷二期，二十年九月出版。
9.〈法國自然派的文學批評〉（平林初之輔原作），載上海《讀書雜誌》月刊二卷九期，二十一年九月出版。
10.〈法國現實自然派小說〉（譯），載上海《讀書雜誌》三卷二期，二十二年二月出版。
11.〈黑暗〉（劇本，前田河廣一郎原作），載北平《文藝月報》一卷二期，二十二年七月十五日出版。
12.〈政治與文藝〉（青野季吉原作），載北平《文史》雙月刊創刊號，二十三年五月十五日出版。

註一七：見〈懷才不遇的張我軍兄〉一文，載《老人老話》一書一二九—一三九頁。原書係六十六年八月，由臺中中央書局出版。

註一八：參見昭和十七年十一月十五日出版的《華文大阪每日》半月刊第九卷第十期中〈文化短訊〉

一文，以及一九四三年一月三十一日出版的《臺灣文學》三卷一號〈大東亞文學者大會特輯〉。

註一九：參見陶亢德〈東行日記〉一文，載上海《古今》半月刊第三十四期，民國三十二年十一月一日出版。

註二〇：同註一七。

註二一：譯作〈黎明之前〉自三十一年十月一日起，迄三十二年十月一日止，在《國立華北編譯館館刊》一卷一期至二卷十期中，連載過九期。

註二二：《黎明》一書，後於三十三年四月由上海太平書局出版，計一七一頁。書前有原作者爲中譯本寫的序，以及譯者序言。

註二三：見〈本金庫研究室張故主任我軍逝世〉一文，載臺北〈合作界〉季刊第十九期，民國四十五年一月出版。

註二四：同註二三。

——本篇原載《張我軍詩文集》，張光直編，一九八九年九月由純文學出版社出版

秦賢次　一九四三年生，臺灣臺北縣人。政治大學西語系夜間部畢業，現任明臺產物保險公司海上保險部經理。編有《郁達夫南洋隨筆》、《郁達夫抗戰文錄》、《梁遇春散文集》、《陸蠡散文集》、《方令孺散文集》、《詩論新編》、《葉公超其人其文其事》等書。

張我軍小說評論引得

張恒豪　編

篇名	作者	刊(報)名	卷期(出版者)	出版日期
1. 張我軍逝矣	春暉	台北文物	四卷三期	一九五五年十二月
2. 本金庫研究室張故主任我軍逝世		合作界	十九期	一九五六年一月
3. 悼張我軍	張深切	我與我的思想	中央書局	一九六五年七月
4. 編者的話	張光直	張我軍詩文集	純文學出版社	一九七五年八月
5. 抗戰時代落水作家述論	劉心皇	反攻月刊		一九七五年
6. 撐起台灣新文學運動的大旗—張我軍和他的文集	林瑞明	大學雜誌	九十四期	一九七六年二月廿八日

7. 懷才不遇的張我軍兄	洪炎秋	傳記文學	一六七期	一九七六年四月一日
8. 《台灣新文學運動簡史》（張我軍部分）	陳少廷	台灣新文學運動簡史	聯經出版事業公司	一九七七年五月
9. 張我軍作品解說	張恒豪	光復前台灣文學全集卷一——一桿秤仔	遠景出版社	一九七九年七月
10. 張我軍	秦賢次	傳記文學	二一六期	一九八〇年五月
11. 「台灣新文學運動」的先鋒	黃武忠	日據時代台灣新文學作家小傳	時報文化出版事業公司	一九八〇年八月十日
12. 光復前台灣新詩論	羊子喬	台灣文藝	七十一期	一九八一年三月
13. 愛祖國、愛家鄉—台灣省籍文學家張我軍	何標	人物		一九八四年五月
14. 回顧台灣文學的啓蒙與成長	林海音	自立晚報副刊		一九八五年十月廿八日
15. 走過紛爭歲月，邁向多元年代—台灣文學的回顧與前瞻	葉石濤	自立晚報副刊		一九八五年十月廿九日

16.台灣新文學的開拓者—張我軍	包恒新	福建論壇		一九八六年二月
17.台灣新文學的鼓吹者—張我軍及其詩集《亂都之戀》	黃天橫	自立晚報副刊		一九八六年五月四日
18.《台灣文學史綱》(張我軍部分)	葉石濤	台灣文學史綱	春暉出版社	一九八七年二月
19.《亂都之戀》重版代序	武治純	亂都之戀(重版)	瀋陽遼寧大學出版社	一九八七年六月
20.憶亂都之戀	羅心鄉	亂都之戀(重版)	瀋陽遼寧大學出版社	一九八七年六月
21.首舉文學革命之旗	莊永明	自立晚報副刊		一九八七年十一月三日
22.《台灣現代文學簡述》(張我軍部分)	包恒新	台灣現代文學簡述	上海社會科學出版社	一九八八年三月
23.《台灣小說發展史》(張我軍部分)	古繼堂	台灣小說發展史	文史哲出版社	一九八九年七月
24.《台灣新詩發展史》(張我軍部分)	古繼堂	台灣新詩發展史	文史哲出版社	一九八九年七月

25.台灣新文學運動的奠基者—張我軍	秦賢次	張我軍詩文集	純文學出版社	一九八九年九月
26.張我軍與台灣新文學運動	葉石濤	走向台灣文學	自立晚報社	一九九〇年三月
27.五四與張我軍	葉石濤	走向台灣文學	自立晚報社	一九九〇年三月
28.張我軍與魯迅	葉石濤	走向台灣文學	自立晚報社	一九九〇年三月

張我軍生平寫作年表

張恒豪　編

一九〇二年　1歲　原名張清榮，十月七日生於臺北縣板橋鎮。

一九一四年　13歲　板橋公學校畢業，前往台北在鞋店當學徒。

一九一六年　15歲　經林木土介紹，入新高銀行當工友。

一九一八年　17歲　升任新高銀行雇員。

一九二一年　20歲　由新高銀行調往廈門分行。

一九二二年　21歲　因父親去世，回台奔喪。

一九二三年　22歲　新高銀行結束營業，初冬由廈門搭船至上海尋找新職。

一九二四年　23歲　加入「上海臺灣青年會」，一月十二日，出席該會召開的「上海臺灣人大會」。後由上海轉赴北京。

三月廿五日，在北京寫下第一首新詩〈沉寂〉。

四月廿一日，短評〈致臺灣青年的一封信〉發表於《臺灣民報》二卷七號。

五月十一日，新詩〈對月狂歌〉發表於《臺灣民報》二卷八號。

七月十一日，新詩〈無情的雨〉發表於《臺灣民報》二卷十三號。

八月十六日，新詩〈遊中央公園雜誌〉（共六首）發表於《北京晨報》副刊。
十月十四日，新詩〈煩悶〉發表於《北京晨報》副刊。
十月下旬，回到臺灣，擔任《臺灣民報》編輯。
十一月廿一日，短評〈糟糕的臺灣文學界〉發表於《臺灣民報》二卷二十四號。
十二月一日，短評〈駁稻江建醮與政府和三新聞的態度〉於《臺灣民報》二卷二十五號。
十二月十一日，短評〈爲臺灣的文學界一哭〉、〈歡送辜博士〉發表於《臺灣民報》二卷二十六號。
十二月廿八日，詩集《亂都之戀》自費在台北出版印行。
加入蔣渭水、楊朝華、翁澤生、鄭石蛋等人發起的「台北青年體育會」與「台北青年讀書會」。

一九二五年　24歲

一月一日，短評〈請合力拆下這座敗草欉中的破舊殿堂〉發表於《臺灣民報》三卷一號。
一月十一日，短論〈絕無僅有的擊鉢吟的意義〉發表於《臺灣民報》三卷二號。
一月廿一日，短評〈揭破悶葫蘆〉、〈田川先生與臺灣議會〉發表於《臺灣民報》三卷三號。
二月一日，短論〈聘金廢止的根本解決法〉、發表於《臺灣民報》三卷四號。
二月廿一日，短評〈復鄭軍我書〉、短論〈文學革命運動以來〉發表於《臺灣民報》三卷六號。

三月一日，短論〈詩體的解放〉、雜感〈研究新文學應讀什麼書？〉、新詩〈煩悶〉發表於《臺灣民報》三卷七號。
四月一日，短論〈生命在，什麼事做不成？〉發表於《臺灣民報》三卷十號。
四月廿一日，雜感〈隨感錄〉發表於《臺灣民報》三卷十二號。
六月，後記〈『親愛的姊妹們呀奮起努力』後記〉發表於《臺灣民報》三卷十八號。
七月十九日，新詩〈弱者的悲鳴〉發表於《臺灣民報》第六十一號。
八月廿六日，短論〈新文學運動的意義〉發表於《臺灣民報》第六十七號。
九月一日，與羅文淑（後改名心鄉）在台北江山樓結婚，證婚人林獻堂、介紹人王敏川。
十月十八日，短論〈至上最高道德—戀愛〉發表於《臺灣民報》第七十五號。
十月廿五日，短論〈中國國語文作法導言〉發表於《臺灣民報》第七十六號。
十一月至一九二六年一月，論文〈文藝上的諸主義〉發表於《臺灣民報》第七十七、七十八、八十一、八十三、八十七、八十九號。
十二月十三日，雜感〈看了警察展覽會之後〉發表於《臺灣民報》第八十三號。
十二月廿七日，序文〈「亂都之戀」的序文〉發表於《臺灣民報》第八十五號。

一九二六年　25歲

一月，短論〈危哉臺灣的前途〉發表於《臺灣民報》第八十六號。
二月—三月，散文〈南遊印象記〉發表於《臺灣民報》第九〇—九六號。
六月，張我軍夫婦再度前往北京，準備求學深造。
七月廿五日，雜感〈「弱小民族的悲哀」的譯者附記〉發表於《臺灣民報》第一〇五

—一一五號。

一九二七年　26歲　八月十一日，拜訪魯迅寓所，贈送四本剛出版的《臺灣民報》（第一一三—一一六號）。

九月，考入北京私立中國大學國學系，就讀一年。

九月十九日，小說〈買彩票〉發表於《臺灣民報》第一二三—一二五號。

一九二九年　28歲　三月，與蘇維霖、洪炎秋、宋斐如、吳敦禮等人共同創辦《少年臺灣》。

五月一日，小說〈白太太的哀史〉發表於《臺灣民報》第一五〇—一五五號。

十月，以日本國學院大學高等師範科畢業之學歷，插班轉入北師大國文系三年級肄業。

一九三〇年　29歲　四月七日，小說〈誘惑〉發表於《臺灣民報》第二五五—二五八號。

自北師大畢業，與何秉彝、葉鳳梧、俞安斌等人籌組文學社團「星星社」，後易名「新野社」。

九月十五日，《新野月刊》創刊，僅一期。

一九三一年　30歲　被北師大延攬爲日文講師，後又在北平、中國兩大學兼教日文。

一九三二年　31歲　《日本語法十二講》、《日語基礎漢本》由北京人文書店出版。

一九三四年　33歲　《高級日文進修叢書》、《現代日本語法大全》由北京人文書店出版。

一九三五年　34歲　《日語基礎讀本自修教授參考書》、《高級日文星期講座》由北京人文書店出版。

一九三六年　35歲　十一月初旬，擔任北平社會局秘書。

《日文自修講座》由北京人文書店出版。

一九三九年　38歲　《日語模範讀本》由北京人文書店出版。
九月，散文〈秋在古都〉、雜文〈關於『中國文藝』的出現及其它〉、〈京戲偶談〉、〈代庖者語及編後記〉、〈評菊池寬的『日本文學案內』〉，發表於《中國文藝》創刊號至一卷三期。

一九四〇年　39歲　短評〈須多發表與民衆生活有密切關係的作品〉發表於《中國文藝》一卷五期。
雜文〈病房雜記〉發表於《中國文藝》二卷一期—三期。

一九四二年　41歲　由北平前往東京參加由「日本文學報國會」主辦的「大東亞文學者大會」。
短論〈日本文學介紹與翻譯〉發表於《中國文學》創刊號。
簡介〈關於島崎藤村〉發表於《日本研究》一卷二期。

一九四三年　42歲　八月廿五日，自北平參加第二回「大東亞文學者大會」。
短論〈日本文化的再認識〉發表於《日本研究》二巻二期。
簡介〈武者小路實篤印象記〉發表於《藝文》一卷二期。
簡介〈關於德田秋聲〉發表於《藝文》二卷二期。

一九四五年　44歲　一月，小說〈元旦的一場小風波〉發表於《藝文》三卷一期。
八月，旅平臺灣同胞組織「北平臺灣同鄉會」，張我軍擔任一個服務隊隊長，協助台胞返鄉。

一九四六年　45歲　夏秋間，攜眷返臺。
七月一日，擔任「臺灣省教育會」編纂組主任。

一九四八年　47歲　春，回台北擔任「臺灣省茶業商業同業公會」秘書，主編《臺灣茶業》季刊，雜感〈

採茶風景偶寫〉即發表於該刊第一期。

一九四九年　48歲　八月，擔任「臺灣省合作金庫」業務部專員。

十二月，調研究室專員，主編《合作界》季刊，雜感〈山歌十首〉、〈在台島西北角看採茶比賽後記〉、〈埔里之行〉發表於該刊第二、三期。

一九五二年　51歲　雜感〈城市信用合作社巡禮雜筆〉發表於《合作界》第三號。

一九五五年　54歲　十一月三日，因肝癌逝世於寓所，享年五十四歲。

蔡秋桐集

台灣作家全集

放屎百姓的浮世繪

——蔡秋桐集序

張恒豪

蔡秋桐，一九〇〇年四月十八日生，雲林縣元長鄉五塊村人。筆名有愁洞、秋闊、愁童、秋洞、蔡落葉、匡人也等。先入私塾習漢文，後進公學校接受日文教育。曾參加臺灣文藝聯盟，與郭水潭同爲南部委員。廿二歲卽任保正，前後廿五年。曾創辦《曉鐘》雜誌，共出刊三期。戰後擔任過元長鄉鄉長。重要的小說有〈保正伯〉、〈放屎百姓〉、〈奪錦標〉、〈新興的悲哀〉、〈興兄〉、〈理想鄉〉、〈媒婆〉、〈王爺豬〉、〈四兩仔土〉等，另有新詩〈牛車夫〉，民間故事〈無錢打和尚〉等，其中〈放屎百姓〉，僅刊出上半部，下半部被日方新聞檢查人員腰斬。一九三七年，臺灣總督府廢止報紙雜誌中文欄，即停止中文創作，轉入舊詩寫作，加入漢詩詩會「褒忠吟社」，戰後則參加「元長詩學研究社」。

蔡秋桐的小說創作生涯，從一九三一年到一九三六年，是「成熟期」的代表性中文作家之一。他當了廿五年的保正，深諳殖民政策下農民的疾苦和辛酸。他繼承了賴和嘲諷的一面，以果戈里式的銳利犀筆，將日本統治階層的侵掠笑臉挖苦甚為入骨；同時對於那些學順風旗的御用小人，如地方保正、拓殖會社社長之流亦極盡責難。可說是以放屎百姓悲喜劇的浮世繪，來揭露日本殖民政策的荒謬性和欺瞞性。

〈保正伯〉一作，即在嘲諷一個混小子，憑著扶卵泡的本領，竟然爬上了保正的寶座，揭發了殖民時代的登龍術和怪現狀。

〈奪錦標〉，則藉一個瘧疾撲滅的表揚大會，表面上歌頌日本大人們愛民如子，為地方福利鞠躬盡瘁，放屎百姓感激涕零，莫可言宣，其實是正話反說，骨子裏則在攻擊日帝統治者的剝削敲榨，臺灣民衆的敢怒不敢言，無處伸冤。

〈新興的悲哀〉的背景，是擺在「T鄉是將來S會社第四工場建設有力的候補地，拓殖會社獻身的，願將自己的所有地，分讓給一般農民，組織自作農組合。海口將來築港，T鄉是必由之地，自然而然成個重鎮」，表面上好像在讚頌日帝的德政，暗地裏卻在咒罵日本大人的無天良，收紅包，大飽私囊。鄉人林大老原想若是S會社第四工場在T鄉改置，地價一漲，豈不一一變成富戶，孰知却是掛羊頭賣狗肉，日本大人與拓置會社社長暗地勾結，大搞「嫖賭飲」的勾當，吃喝玩樂，無所不來，害得林大老播秧不成，插蔗亦不准，唯有切齒頓足地說：「哎！上當了，無一不是資本家的騙局」。

了。

〈興兄〉一作，乃描敍興兄爲了讓兒子能夠上京讀書，卽使在遭到世界性的不景氣中，亦不惜以田畑擔保，向勸業銀行借錢，好讓兒子能專心在日本完成學業。豈料兒子一學成歸國，竟帶回個大和姑娘，由於習俗的差異，終於一場無可避免的風波也就發生了。

〈理想鄉〉，表面上也在表揚老狗母仔中村大人是個老臺灣，是吾鄉的大恩公，由於他日夜辛苦的指導，才使吾鄉得到「理想鄉」的美譽。實則却在批評中村大人的表面工作，勞師動衆，弄得家家怨聲載道，也害得乞食叔寢食不安。最後那兩句——「哈哈，功勞者？」「哈哈！理想鄉？」尤其諷刺到極點。

〈四兩仔土〉，則描寫蔗園的勞工四兩仔土的淪落過程，他如何受到蔗糖會社的欺榨，而由上流的資產者一降爲下流的落伍者。作者在此塑造出一位卑微、誠實、憨厚、勤勉的臺灣人形象。

對於這位「保正作家」，當時《臺灣文藝》二卷七號，文鷗的〈遠望臺〉有段文字如此評價：

「最近時見蔡秋桐、謝萬安兩先生的諷刺小說，殊覺痛快，其銳利筆法，很表露了作者的譏刺，很好，不過可惜其筆法稍性急，描寫不夠，而沒有沉著，這由小說的生命說來，可謂最大的缺點。」

蔡秋桐的筆尖，可說是指向異族和走狗，心靈則是屬於所有被壓迫的放屎百姓的。他那嘲諷的戲劇性手法，使得人物凸顯，情節緊凑，結構完整，將他的小說推向藝術的高峯；以今日眼光看來，雖不免有些用語過於囉嗦和粗陋，但瑕不掩瑜，其嬉笑怒罵的技法，可說是另闢蹊徑。他以最詼諧、最輕鬆的形式，來暗藏最無奈、最嚴肅的主題，而表現得維妙維肖，無跡可尋。他不像賴和，守愚的「正面寫實」，而是自成「反面寫實」一格，因此，他的小說在日據時代臺灣新文學中可說是個異數，也不愧是「成熟期」的重要作家之一，晚後吳濁流的出現，就是繼承他這種技法的一個顯例。

保正伯

乖乖巧巧正正直直排著列靜立在大路邊的木麻黃，被那冬夜的風打得施施雪雪擺擺搖搖。在這樹脚遠遠看見有一個人手提一個包兒，行向衙門去，那個包兒却被半光半暗的月亮照得不明不白，認不出是什麼東西。來到大人（日據時台胞對警察的稱呼）宿舍的後尾門（後門），輕輕地敲著門，同時細聲——這是表示恭敬的細聲，不是怕被人聽見的細聲——地叫：

「奧サン（日語，對他人太太的稱呼），奧サン。」

奧サン，出來開門一看，原來就是保正伯，提一件烏紗帽オセイボ（日語，過年送禮）來給大人做烏紗帽呢。

保正伯：「這些些兒東西，聊表一點烏紗帽的意思，沒有什麼好的，總是僅僅表我一點敬意，奧サン收起來！」

奧サン：「咿耶！魯麼〈日語，萬分感謝〉……不時受恁大家的好意，那裏著什麼烏紗帽，正月〈指正月元旦〉請你即來喰酒！」

保正伯：「多謝多謝，奧サン撒楊那啦〈日語，再見〉。」

保正伯提一大包來，雖然空手返去，行路却也很活潑，態度也是很得意，像表示著他和大人交陪〈往來，有拍馬屁的意味〉，是有無上光榮的樣子。

這保正伯大家叫他做李サン〈日語，李樣，樣即某某的尊稱〉，在未當保正之前，是一個流氓，亭仔脚〈騎樓下〉是他的宿舍，猪砧是他的眠牀，賭博是他的正業，打架是他的消遣，是無惡不作的。像庄中有誰人偷刣〈私宰〉一隻猪也〈或〉是一隻羊，他若不知便罷，不幸被他探知，就隨時走去報告大人，宛然是一個偵探。

鄰庄他有一個姑母，偷刣一隻死猪，湊巧李サン來到，他的姑母就恭恭敬敬地辦到一桌頂叉炒〈台語，滿桌盛饌〉滾滾，特別叫他的小孩去店舖，賒來一矸白鹿〈日本清酒名〉——他的姑母曉得他和大人有交陪染些大人氣，愛喰白鹿酒。——來請他，燒酒溫燒，李サン也就不客氣坐落去〈坐下去〉就飲就喰，那位姑母靠他是自己的後頭〈台語，娘家〉侄子，也沒有客氣笑嘻嘻地手舉一雙箸，邀請李サン說：「姑母時常請你不到，也沒有什麼可以請你，湊巧早起死了一隻猪差不多成百斤，叫人幫忙來刣，一塊分伊一塊分汝……這肉骨較好你著喰。」話講了，那姑母忽然想著什麼似的，有些驚恐的樣子。「嗳喲！人講你常常去報大人，講人偷刣什麼咯？這款事不好！以後是不可那樣，食一歲著學一歲，咱也沒有做什麼，看見一千八百也沒關咱的事，你著聽我的嘴（話）。」

李サン受到姑母的勸解，聽了有些不稱意，生成是那號子，那容易聽了兩句半話，就得悔悟呢。一碗公肉骨噲了，一矸白鹿也飲乾，正在坐得無意思，却好賭鬼追來咯，心裏癢癢，坐也坐不得，便辭了他的姑母，大步細步向那林投脚的賭場去。身中沒有半文的李サン，無過是做個「賭邊嘮」而已，一回看了過一回，看到心肝頭熱烘烘。

李サン：「可惜無錢，無！這一回的確沒有反……」

李サン話才講了輦寶蓋也掀起來，果然對對（對中）。咳！可憐的李サン每次都被他猜中，可惜沒有錢可以「重達」入呢。不然這幾次不給他贏得不可計數嗎？這使他心裏格外難堪，無法度給人家叩頭要借一些賭本，人家也不答應，這也使他心裏異常憤恨，想要去報大人，又怕這些人兇狠，後來碰著頭的時候，不給他們打死？始把這心事放掉。

日頭暗改場了，贏的人得意地回去，擲給李サン幾角小銀，算是賞與也可，算是緘口料（料，錢。）也可。輸的人無處出氣，看他正在拾起銀角，順便踺一脚，同時罵著說：「碰著你這個鬼的交纏，今日才這樣晦氣。」李サン抬頭一看，曉得自己打他不過，只有摸摸被踺的屁股，回報一句：「駛你娘（駛，姦。）。」李サン拾起了銀角。衆人已經散盡，手裏雖握著一些銀角，依然不能使心裏爽快。他覺得今日是晦氣的日，在姑母家裏喰了一頓，却受到一大堆教訓，在賭場又惹下一場羞辱。李サン愈想愈恨，報仇的心終於戰勝他怕打的意識，三步做二步行，走向衙門去，到了大人的宿舍，適好大人在喰晚飯，就將今天的事情一五一十報告了。

經過幾日之後，他姑母便接到衙門的召單，大嘴開開，咒罵是有路用？

姑母：「嗄！是是，是那刣頭去報，死囝仔，好！後同你喰尿都無咯。」

全庄的人，不論大大小小，或是親是戚，都已知李サン是不可交的，大小事都不敢給他聞知，在這庄中個個都怨恨他，而他也怨恨衆人，在李サン是不問親疏，不論是偷刣猪刣羊或是刣狗，或是什麼，凡是官廳所能處罰的，都必定去報告，這個村庄被李サン鬧得眞是雞犬不寧了。

全庄的人無一口灶（比喻沒有一家）無受著李サン的致蔭（庇蔭），不被官廳所罰。李サン的勢頭也就可知了，庄民也無有一個不愛戴他，所以在選舉保正的時候，庄民一致選他，這名譽職就帶到李サン頭上了。在人民的意思，是因爲李サン和官廳有話講，這「卵胞架」正好給他去承當，而且正經的庄裏人，也無有和官廳晉接的才能和時間；又且看見前任的保正大恁伯，一份家財因爲做了保正，被官廳喰去一大半，——因爲做保正的義務，像款待大人等的事，著要奉行。而保正的權利，像甘蔗委員等有來路的又無才能可去取得——大家都同情他，遂選出了李サン來，這可以講是眞得人了。

這時候的李サン，已不是「羅漢脚」了，不知到什麼所在去鬪（湊合）一個「夥伯」，就借住在庄南那間土地公廟的後落，又傍著廟壁搭起一間豚舍，飼二隻猪，可以講已經成家立業了。

李サン當保正了，看見全庄民降服他，也就漸漸改頭換面。眞正做起保正來，他想留一個芳名於後世，要建下一件紀念事業他的官舍，那間土地公廟有些破舊了，不可不修理，做到保正，位在那樣廟後有損著保正的威嚴，李サン便想，想，方法就生了出來。

土地公顯赫了，聖（靈驗）、眞聖，庄頭猪哥的「牽手」（老婆）生子三日生不出來，服下一服爐丹（香灰），隨時生出來；老呆失落五十元，土地公說不出三日便能尋得，果然第二日便在桌櫃脚搜出來；福壽嬸手風（風濕）帶（罹患）三四年了，只求去香脚（祭拜用的香燒剩的竹籤）煎水洗了兩次，現在已能捧碗夯箸（拿筷子）。土地公聖，眞聖，庄民熱狂起來了。近圍庄聽見這風聲，燒香下願，禱病乞子的善男子善女人，陸續於道，廟裏香煙不斷，廟前的戲鼓聲，激動了四圍庄許多的男女的狂信。

土地公顯赫了，廟宇自然要修理，庄民無有一人講聲不該，這自然是承諾了寄附（樂捐）。李サン便憑他一張嘴去呼東叫西，派多派少，全庄的人無一人講不肯。因爲是保佑全庄的土地公的事呀！捐錢出工，搬磚運石，不多日子，土地公廟煥然一新，而保正伯的官舍也堂堂落成了。不先不後，保正伯也在此時生了一位公子，因爲運途好、大趁錢〔賺錢〕，就給公子號做〔取名叫〕進財，以資紀念。

當謝土那一日，燒香謝願的善男信女，就不只這近位庄，幾十里的遠所在的也都來。這一日保正伯得意極了，遠近來參香的人，大家讚頌保正伯會設法，建築的眞好看，實在保正伯的紀念事業，已經建立了，那廟裏所立的重修碑記，末尾有首事李，就是保正伯的大名字，芳名眞可留傳百世，和那石碑一同不朽。

這一日保正伯也眞忙，有時要在廟前做禮生，唱著：

「跪！拜！叩頭！」

有時要去指揮召集來的壯丁，警戒著非常的事故，有時要去陪伴來參與盛典的大人，有時偷空要去看看燒香的查某，有時要去領受人家的讚頌，一雙脚眞跑得要直。日落後戲煞鼓〔散戲的鼓聲〕，保正伯便去陪伴招待大人的酒席。不是李サン，別人是不會款待，恐對大人有失禮，大人和李サン有話講，就開懷暢飲起來，飲到一打白鹿空空才作罷。

大人和保正伯的關係，是只有愈親密，大人也就愈信任他。保正伯雖然進財，還少感不足，便在厝內設賭場，大人因爲信任他，總想保正伯是借此消遣，終不會發覺。

「來路有金通過我，我過（再）通金進秀才」，這金錢萬能的社會，保正伯一日學了過一日，手腕也就愈高妙，名聲也就愈通透，地位也就愈堅固，應酬也就愈周到，大人的風俗也無一不知，三月三日（日本女兒童節）啦，五月五日（日本男兒童節）啦。鋪排要體面，年尾的烏紗帽也要特別。一年透天（一年到頭）的禮素（禮儀），無一次欠缺。三十一日過了便是一月元旦，保正伯把一領長衫披在肩頭，頭戴一頂中折帽，脚穿一雙足袋，嘴裏檳榔嚼到紅紅，來到大人宿舍口，看見屋內人客已經滿滿是，保正伯自往年就學會的一句元旦要用的禮素話，念得熟熟熟，在門口脫起帽子就講：「烏迷禮多」（日語，恭喜）同時擲下頭去，他頭還未抬起，已被扭進總舖（日人用榻榻米舖成的牀舖）去了，他坐下去就飲，就喰。

大家一杯來一杯去，一杯飲了又一杯。嗄！主人拿什麼紀念杯出來了。講著照頭循，一人一杯過，這樣足有四五回，保正伯的酒量到了，但是保正伯自早就覺悟正月初一要醉他一醉，才顯得大人和自己的交情，若有些失禮，諒亦無妨。和大家大飲而特飲，汝敬我，我敬汝，到頭保正伯是醉了。勉強又飲了一杯，咳！坐不得了，趕緊走到便所去，吐，吐了又吐，吐完出來到總舖，乒乓倒落去像醉死一般。這時候對大人會不會失禮，他已不能分別了，不知道睏有多久，翻身醒來，大人也不在，人客一個也不見了，勉強爬了起來，對著正在拂拭總舖的奥サン講聲「撒楊那拉」，就走出來。這時候奥サン有留他也無留他，他是沒有聽見。

保正伯在路上行到顛來倒去，不時捧著肚吐一回，便去倚在路邊的木麻黃喘息一回，行到門口，伊的「牽手」正出來飼猪，看見這樣光景，便緊〔快〕去扶他，來到眠牀又倒落去咯。

保正伯：「我的長衫呢？足袋呢？沒有穿返來嗎？」

保正伯含含糊糊地講，這時候有些淸醒的樣子，伊的「牽手」禁不住地大罵起來。

保正娘：「你眞悿啊！你也敢和人飲到這款！那無毛刣頭，你來我們驚你饑，驚你餓，恐怕不會得你好，一年請你到暗，你請人一次就不甘願。人講交官窮，果然不錯。像你這悿大猪，一年和他禮素暗暗，他們那有一次來和我們禮素過。我們『進財』滿月也無，到四月日也無，週歲又是無。」

保正伯被保正娘罵得眞「到角」，刻苦應一句。

保正伯：「好咯！好咯！大人原是不知我們的禮素。」

「哼！保正伯知禮，大人不知禮？」

保正伯呼呼地睡去了，保正娘還是喃喃地唸個不了，自己到灶下〔廚房〕去，這時候進財正和一隻小狗仔玩得忘形，哈哈地在笑。

——本篇原載《臺灣新民報》第三五三號，一九三一年二月二十八日出版

放屎百姓

發哥是個半農半工半商的勞動者，也是個負有納稅義務的資產家，他父親留給他有幾分畑地。他的性情有些和普通人不同，他慣穿一領「大逃」的數十年前式的衣服，未曾看見他穿過一雙布鞋，只有在跑山路的時節始甘穿那草仔編成的草鞋罷。

肩挑擔子脚行路，嘴裏常常喃喃不知道念什麼？非唱歌、非念曲，是瘋癲嗎？不是？那末一定是「空斫」人。

發哥也曾挑著菓子去鄉村做買賣，如遇著知道他的古董性的朋友們，就是他的得意時候，也就是發哥要虧本命運。

「發哥！汝也太會做生理啊！這菓子很鮮大約很好喰罷？」

「提〔拿〕去去喰！提去喰看呢！」

「好喰，很好喰。」

一粒喰了過一粒，隨喰隨稱讚，發哥便很得意，更招呼其他的人喰，他忘記了這是要賣錢的，只管請人。如遇著有點同情心的朋友們，知道他的風神氣一退，會翻悔的，會不甘心的。也可憐著他的戇，少喰他一點，就是他的幸運。

我們的，也就是你們的的假信徒發哥，年來生活覺得闇澹了許多。

他父親留給他的生理本，在「就是你們的」之下喪失淨盡，這時候他們的却不說是咱們的，在發哥也再沒有可以你們的了。而且發哥也很有古人忠厚的心地，「耕者讓畔」，他沒有讀過書，也不曉得是誰教給他，這故事竟奉行唯謹，不像現代人，會主張所有權，因爲幾寸地，爭訟了幾年不能解決，所以幾分畑地，一年一年，愈作愈細〔小〕區去，現在遂至所收成，不能養飽發哥的餓腹。

發哥又善居室，在他父親手裏苟合的家屋，擋不住風雨的侵襲，壞而破了，「待賺有了錢便修理牠」發哥總這樣說，可恨金錢不識人，到發哥手裏總是溜走去，現在發哥將至沒有厝可住了。

「發哥！怎不娶一個妻子管家？」有人這樣問他。「還未四十呢，待我家伙做成」發哥便這樣回答人。發哥的家伙呢？和他的年歲成反比例，一年一年減少去，他終於做了「羅漢脚」。

畑，不夠作，生理，無本錢，發哥現在只有幫人做工，做工，在發哥却很受歡迎，因爲他若得到三頓飽，工錢是終不計較，人家若不給他，他也不會向人要。

但是發哥也是父母生的身體，終於抗不過風日的侵凌，年歲的催迫，現時的發哥的確有些老衰了。

老衰的發哥，大約是衰老所使然罷？接到那青、紅、白的單就戰慄不已。他手頭沒有錢，納不起稅，不納又怕吃官司，他怕官甚於怕瘋狗，所以常常瘋瘋癲癲跑到役場去，哀求庄長，因爲庄長是人他不怕，是人也曉得發哥可以哄騙的，在庄長假同情的言語之下，而被趕出者不知幾次。

「發哥！今夜要守更。」發哥放下柴斧舉起頭，「幾日前纔守過呢，什麼又要守更？」

「前回是守日本過年，今回是守臺灣過年呀！」

發哥因爲今夜要守更，柴不得不緊剖，可趕快擔到街裏去換點錢。返來還要應今夜的守更，一下過一下，大約足夠了一擔，發哥放下柴斧，坐在細碎的柴枝上，手靠在脚頭腕頭訥訥像在想什麼？農也做，商也做，工也做，怎樣逐日得不到三頓飽？他愈想愈不明白，他也沒有像人去上菜館，也沒有賭博過，又是勤勞，又是儉省，怎樣愈作愈窮，畑也愈作愈細區，到如今只剩得一區畑而不成畑的草埔。

守了幾夜更，過了一個年，發哥近來不見得如前常發獃氣，有似沉著，有似煩惱，人們奇怪起來，「發哥怎樣也會憂愁」，便做了衆人的疑問。

講因爲要灌溉K平野的看天田——畑，組織了天大地大的K組合，開小水路的用地著無償寄附，大圳的用地僅僅買收圳底，價錢是他們自己定。人講福無雙至，禍不單行，要死未得斷氣的發哥，現在一區生命根的呆園仔，已被這半官民的事業用盡去了，湊巧大圳開到發哥的畑中卽打一字十字的大水路——設水門，這水路又各附帶了小水路，發哥這區生命根掘得無有留存。

要哭也沒有那麼多的眼淚！

要死也沒有雙條的生命！

去告訴郡守去，想雖是想，天高皇帝遠，那容易見得著，而且又是平生所怕，對大人尚講不出話，況一位郡守，發哥無處伸寃，終於無處伸寃罷了。

（待續）——

——本篇原載於《臺灣新民報》三六一、三六二號，只刊載上半部，下半部被日本當局開天窗，一九三一年四月廿五日、五月二日出版

奪錦標

是寒熱鬼（瘧疾）撲滅的表彰式（表揚大會）。

在這堂皇的表彰式上，全郡下的大人們，和郡下的保正、甲長……衣冠楚楚地，都集合在這莊嚴的公會堂來，把這末寬大的一個公會堂（指中山堂），擁擠得幾乎透不出氣。

時令是夏秋之交，天氣正像滾水那樣沸熱，就坐在樹底下鼓大把扇子，還要汗流夾背，況關在這空氣沉鬱，人氣旺盛的室內，怎叫他們不同大街上跑著的狗一樣喘息吁吁？

「有授賞的排頭前（前面）！」

「各聯合會愛（要）排做一塊，對第一保、第二保，照頭排（照順序排）！」

在這空氣不好的式場，熱夠了，熬不住了，誰也有點兒頭痛，但，在這樣一個光榮的表彰式，不，又是在大人們的尊前，喊熱，那還有什麼勇氣？沒勇氣，還夠得上什麼義勇奉公？該死！那還有做保正的資格麼？苦，也只好忍耐著，出醜示弱，保正伯是不屑爲也。

古董彫（彫，ㄉ難）到十一點鐘，好容易才把式場整理好勢（妥當）。

「一等賞，牛聯合會！」

這亂紛紛的式場，由於東北角發出的這一聲底鎮壓，忽然寂靜到有些意外，如果不是有那爲瞻仰這授與式的榮光而攢動的無數頭顱，幾乎要叫人疑心到這是一個人形（兒童的玩偶）的展覽會。

一會，在那百衆人面前，牛聯合會長突出第一線，鄭重地，恭敬地，然而有點兒侷促，會長鞠著躬，伸著臂，拜授這一等賞的賞狀，多令人羨慕呀！莫怪他臉上老有驕傲的神色。羨慕、驕傲，牛聯合會的能夠賞著一等，又豈是偶然的事麼？

爲的撲滅寒熱鬼，用到這樣心神，不能不叫咱們感激流涕。大人們的如此煞費苦心，其愛民之切，更不是從前那個老大清國所能幾及。什麼農村文化——文化村落呀！什麼建設模範部落呀！在這被卑視的農夫，被厭惡的放屎百姓（村夫村婦）集居的這牛村，一直地就少有人顧及，何以近來倒有了這些標語出現？

「若眞實爲著放屎百姓打算，怎樣又用這筆費用來加添他們的負擔呢？」

不知怎的，背地裏，却又有些人們發出這樣的物議。

「不，若是沒有那麼體面的表彰式，和盛大的慰勞宴，怕沒有人肯出來幹呢？」横直體面的表彰式，和盛大的慰勞宴都開過了，是非暫且不管，牛聯合會既然是一等授賞者，那末，幹出什麼來呢？或者他是怎樣努力工作，這都值得我們一提。

A大人上任的第一著，就想建立這不朽的偉業，自從那一天傳集了保甲會議以後，日繼夜的差使著保正、甲長拚命了，刈竹刺（砍竹欉）、塡窟仔（塡坑窟）……

「哼！專專（全是）爲著你們，要保護恁的健康，爲著恁放屎百姓的衞生上打算，我卽著這款（才要這樣）勞苦，恁若是尙且不理解，嘿！就要出個手給恁看看，我大人的手枝是怎樣長，硬……」A大人見保正們似有點兒猶豫，氣冲冲地又來一個恐嚇。

保正、甲長出頭監督，叫保甲民開始痲拉利亞（瘧疾）防遏作業，A大人總算親切地吩咐過了。然而一日忙暗暗，保甲民那有這麼空閑工夫呢？要是沒有大人在背後催促著，吩咐是終不見效的。還有蕃薯的收穫、插田、斫甘蔗……不是狡獪不出去做工，實在是分不出一點空閑的時間來。但這事實，A大人又那裏肯放你干休。

「無閑，提錢請人去！」

眞是左右做人難，居在這中間的保正伯，確焦灼到有些程度，不去做業呢？A大人的謾罵、蹧躂，要敎你忍不過氣。硬叫保民出去做業？稅金著納，三餐有沒有得吃還小事，稅金延納却教你地皮都要起三寸，納稅，難道沒有耕種、收成，還有錢嗎？然而現在又要叫人放下了田事……保正想到處這境遇的保甲民，險些兒把眼淚淌了下來。

「看看別保已逐逐進行了，躊躇也沒路用，俗語說：花要插就插頭前，好好，明天實行。」

翻來覆去，保正伯這一晚老睡不著，陡地爬起身來，裝起一口滿滿的麟煙，拚命地抽著，抽著，心裏老是這麼打起算盤。

「竹刺要刈一丈五尺吧，三八哥門口的窟仔，要塡到平平，古董伯厝後的橋，也要造得完完全全，大路要造到水牛脊，庄內的路頭，也要造到像街市一樣……」

直到東方微微發白，保正伯的主意，才算好容易決定。

翌日，虧得保正伯奔走，連勸帶嚇，總算把保民召齊了，幹、幹、幹、刈竹刺、塡窟仔……雖然是怨聲載道，這一天的工，該也挨過了。但目睹保甲民的這一個苦境，保正伯的腿又軟了，昨天的設計，又幻成個泡影了。第二天，再也沒有奔走、勸誘、恐嚇的勇氣。

雖然，痲拉利亞防遏作業，畢竟是上司的命令，保正，幹嗎？就是死也得死去，寧可死掉一百個五十雙的放屎百姓，也不願一些違拗上司的命令。違拗，那自己的帽子，到要飛去呢！是，顧自己的飯碗要緊，做官人，誰不作如是想？何況A大人還是個初昇格的主任。

「懶骨頭，好，記住！」暴怒之餘，怎怪A大人不挪出他慣用的第一武器？竹刺沒刈到丈半高，罰金。竹節沒修到光滑，罰金。竹根沒掘起來，罰金。窟仔沒塡平，罰金。草囨要搬出庄外，不，罰金……

爲出風頭、顧地位，就算犧牲一百、八十個放屎百姓，該也不會說是過酷吧？一日之內，告發五十件，旣不算稀罕，在A大人更視爲常事，不，還可以說是升官發財的捷徑呢！

「你看，這怎麼辦呢？」

「唉！東也罰金，西也罰金，看看他是非迫到咱出去做工，是不肯干休了。」

「蕃薯、甘蔗、田稻……」

「那他還管到這個麼？」

至此，保甲民也理解了，知道不幫他高昇，是死也不行了，不幫他，除非你耐得起拍、蹴、罰金……

一個多月之後，這一個牛庄，眞是整頓到有點兒幽雅精緻了，道路不消說是造得很平坦了，就連庄內的草囨一堆也不存著，豚舍，虧得放屎百姓聽話，賣皮當骨，總算也建築到萬分周至。還有那四處飛跑的鷄兒、鴨母，也都有了簇新的棲息處。這，咱不能不感謝A大人日繼夜地勞忙的厚惠。

大概是爲著痲拉利亞防遏作業勞動得過度了吧，不幸A大人害起病來了，P公醫雖然也來診察了幾次，症頭却日見沉重，熱到四十度的A大人，眞有點不省人事了。

「我叫你免這款拚勢，你偏偏不聽，卽會致有今日。」在看護他的妻子，慌了，追想起丈夫的病源，覺得丈夫太爲臺灣人盡力了，「你管人衛生呆（衛生不好），衛生呆與咱有啥相干？人講三年官，二年滿，臺灣人死敢會了，就是穢也穢不到咱來。」

「這間破厝沒使得，要撤掉，馬鹿，較緊……竹頭怎樣免掘起來，馬鹿…………」

「竹刺，敢刈有一丈五尺是麼？馬鹿……」

「罰金，罰金……」

A大人終於熱得有點發狂了，嚷著、喊著、手打、脚踺。

「喔！」在提著冰囊爲A大人解熱的大人娘，偶一不愼，被踢倒了。

「馬鹿，罰金……」但，A大人一樣還在嚷嚷，踢踢。

「熱到這麼厲害。」越叫大人娘放心不下。

幸喜保甲書記和小使還盡心，幫著看護，延醫、買冰，才見熱度漸漸退下。

熱退之後，已經是晚上十一點多鐘了，A大人看看只有妻子一個人在他身邊看護著，心裏有點兒不平的怒氣問：

「我害病，保甲書記知道嗎？」

「知道的，當你發熱的時候，就是他去買冰。」

「哦，小使返去是麼？」

「他幫我顧到十點鐘，看見你的熱度較退咯，他卽返去，唔，那梨子、涼水，就是他送的哩。」

略一點頭，A大人又吁吁地睡去了。

翌晨的八點鐘，保甲書記手裏提著一封批囊（信封），就跑到大人娘的面前，謹呈了過去。

「這是，唔，小小可可，僅表我一點『御見舞』（日語，探病）的意思……。」

「太會客氣了。」受慣這「御見舞」的大人娘，眞是自然到大方不凡。

「唔……不……」書記的態度，反而有點侷促，因爲他的心裏，終於懷有「菲薄」之嫌的恐懼。

這時A大人也醒轉來了，問候，說謝，照例他們也免不了這一套。

「喔！明日保甲會議麼？」A大人突然見到壁上的日誌，一個亞拉比亞數字的8。

「是，雖然，我自昨日就已經向保正通知大人身染重病，不能出席，將這回的會議無期延期啦！」書記唯恐A大人怪責似的，急忙報告上去。

「哦，勞力（多謝）。」

意識的將大人的病通知保正，這當然是書記的乖覺的做法，因爲這可以樂得一個不要花錢的空人情，而A大人呢，我不敢說，但，我却看見他的臉子，似乎比平時和氣了一點。

「大人……唔！『御見舞』……」

「勞力。」

「太過操勞了……『御見舞』……保重要緊！」

「不見得，你們眞會行禮數咯，哈哈……」

保正，甲長，來了一個，又是一個，還有是比較懂得世故的保民，眞把A大人痲煩得手忙脚亂，這在平時，說不定要惹厭了他，可是，現在來的是爲探他的病，「御見舞」，那更使他樂於周旋。

本來A大人的病是初患，過了四五天，也就好了，但探病者却一樣不絕其門，這倒弄得他不能不再倒在牀上裝病。

「御見舞，哦，有了多少？」

「該不少吧，連我也記不清楚。」其妻答。

「好，索性多躺幾天。」

因爲現在流行的是現金主義，倒害了保甲聯合會了去了一兩百個信封。

A大人復元之後，同樣又繼續著麻拉利亞防遏作業，不過，對待一般人民，似有點兒寬大啦，這不能不叫咱深深感謝，因爲他畢竟還有良心，有了「御見舞」，還要罰金，這一種雙重的負擔，眞叫他過意不去。

因爲這個麻拉利亞防遏作業，累得放屎百姓足足做了一個多月「無錢工」，什麼蕃薯、甘蔗、稻田……雖然荒了許多，但，牛庄却居然成功了一個文化村落了。這意外的好成績，不要說外來的貴賓要加以滿足的讚歎，就是A大人也會驚異自己威力的偉大，滿意極了，現在就只有等待上司光臨檢點而已。

「包穩一等賞！」

「一等賞……」

「勞民傷財，足足了去二三萬圓，還驚中不著一等賞？」

「幹恁娘，這統抬擧A大人升官，保正伯仔喰燒酒……」

是幾天之後，課長大人乘那專用自動車跑來視察，大概是他曾經吐露過這話意吧。由A大人，而書記，而保正，登時全村的百姓都知道了。三三五五，碰著頭，就是談到表彰上來。有了這一等賞，在有些放屎百姓的心裏，總算覺得這勞忙是不會白費了。

從此，這第一等的文化村落在牛庄，不特是附近的大人先生要來視察，就遠自先進地的新營方面，也都時有貴賓光臨。

「果然淸氣相，哼！咱的村頭從前也和人講什麼文化村落，其實那裏及得這牛庄？」

「連一間破厝也無。」

「大概這地方的確眞好額（有錢）。」

「奇怪！這牛庄豈無飼鷄鴨是麼？連看見到一隻也沒有？」

勿論那一團，都這麼詫異著，讚歎著。

「哈哈！像這款的好額庄頭，卽會好整理啦。」

隱惡揚善，自古就有名訓，兼以光臨視察的大人先生們又最會體貼周到，只視其好，而不察其壞，也就無怪乎嘖嘖也。其實呢？爲博這個好名而無飯可吃，無屋可住的，不曉得有多少呢？

「住宅不得圍甘蔗葉。厝壁要抹白灰，但有不得已事情者，不在此限。」

爲感到美中不足，而想美化農村的A大人，忽然又創立了這兩條鐵則，要是有誰違犯了這二者之一時，卽刻要把住宅撤掉，這在頒佈同時，也曾一併向保正交代過。

今日也有視察團，明日也有視察團，足足又鬧了將近一個月，牛庄保甲民的爲供呼喚而煩忙，是不用說的。單牛聯合會應接來賓的煙、茶、菓子，也花費了幾十塊錢。這一來，A大人的捷報傳來，一躍高昇了。

爲大人們的就任、榮遷開催迎送宴，這已成爲一種不可避免的慣例，況乎對於這有偉大的功績的A大人，那更不能有所例外。A大人、大人娘、A大人的三個公子、書記、保正、甲長、壯丁團長，還有那些放屎百姓，差不多六七十人，坐定之後，免不了一套惜別之詞，滿座都是恷百姓。這重任，當又是推到聯合會長身上來。

「現在，對於A大人的榮遷，我要起來代表著全庄民向他說幾句帶祝意的惜別詞。」戰兢兢地，聯合會長面向著A大人站著，我們可以斷定他也還是一個不擅說辭的人：「我們這一個牛庄，本來就是喰第一歹，穿第一歹，住第一歹，工作第一艱苦的，兼之這番又受A大人的福庇，鞠躬盡瘁地指導我們，爲了這文化村落的建設，又奪來了一個第一，會說得世間上的第一，都給咱牛庄獨占了，我想，全村的人，誰也應該感激到流出眼淚吧。最怕的，還是A大人去後，不知道後者的那一個第一，會跟著大人去麼……

……」。

「火事，火事（失火了）！」

牛聯合會長話還未完，會場忽然紛亂起來了。在那吶喊的聲中，誰的臉也嚇青了，匆匆徨徨地，向會場外便走。出去看時，原來倒是放屎百姓在大燒其竹葉，這才把大家的心安下。

「噯喲，嘉哉〔幸好〕，嘉哉！」

「若是眞實火燒厝，這頓『御馳走』〔日語，盛饌〕就免喰。」A大人的公子，雖然年少，也還爲這火事擔心著。

受了這一次虛驚之後，話也顧不得說了。吩咐開桌，大家還是喫一個痛快要緊。眞的，自從A大人榮遷之後，牛庄的文化氣也漸漸消失了。東也荒廢，西也荒廢，這一等確有點兒支持不住了。想來，A大人如果捲土重來時，不知將作如何感慨呢？

——本篇原載《臺灣新民報》第三七四、三七五、三七六號，一九三一年七月廿五日、八月一日、八日出版

新興的悲哀

有個夏天的安息日（週日），炎熱的太陽雖已西斜了，大地却依然如爐，看看四處的樹兒、草兒，也都呈現出枯燥的樣子，什麼阿鷄阿狗也都倦怠到只管吁吁喘息，至於裸露著身子的人們更不用說是汗如雨下了。大約是下午四點吧，林大老躺在教會堂前的大榕樹下，左手拿一張新聞，右手拿一枝扇子，「那搖那讀」（即一面揮扇一面讀報）看得入神，讀得入妙：

「T鄉是將來S會社第四工場建設有力的候補地，拓殖會社獻身的，願將自己的所有地，分讓給一般農民，組織自作農組合（合作社）。海口將來築港，T鄉是必由之地，自然而然成個重鎮。」

林大老爲讀著這段記事，心裏頭有些躍躍起來了。「終是不得不去探究一番T鄉的好消息。」他私自這麼打算著。

T鄉的全耕地，大部分是拓殖會社的所有地，T鄉的農民，當然也是拓殖會社的佃人了。當地的農民大半都是靠著這拓殖會社的耕地而維持生活，過去這幾年間，逢著時機變換，由改良蔗而爪哇（一六一），而大莖種（二七一四—二七二五），而新種（二八七八）。T鄉是甘蔗的特產地，在爪哇種盛行的時代就得著多大的利益，爲著這起家者著實也不少。

占去T鄉的全耕地過半數的拓殖會社，這時候是已經過主（更換主持者）了。由日本人之手而歸本地人之手。拓殖會社新社長本頭，當然是個老手腕家，也是個事業家，他在壯年時代興而敗，倒而復起者不知幾回？其手腕的靈敏，眞値得吾人羨慕，老手腕家本頭赴任來，又是全然沒有帶著半點頭家氣，待人以恭，勿論貧富皆以親切叮嚀，逢著佃人便講：

「我今日會承領拓殖會社的土地來者，非是僅僅爲我個人打算，完全是爲著我們臺灣人將來打算，才有引受這麼大宗的土地啦。你看製糖會社的社有地幾多？勿論那間會社都占了很多土地的所有權了，唉！臺灣人尙不自覺將來土地變賣了之後……不知道當如何呢！必然爲人的××！如果達到那個時候，罪要歸於誰呢？……

所以各人現在所有的土地要克苦維持，同時在咱這地方的別位人（外地人）所有的土地也著（也得）漸漸買收回來，我是抱著這款主旨，所以我要鼓舞自作農組合，也就是在這一點的意思啦。你們那有希望愛買（若是想買），我是很歡迎的，萬一你們若是躊躇，我也只好移民來，將來第四工場也會設置這處，到那時候地價就難算呵！要買也難得買，俗語說得好『一失足成千古恨』大家要盡力運動要緊，在我看起來只缺水源而已，我想來叫T鄉的住民供給勞力，開一條大溝至虎尾溪，來引虎尾溪水給工場使用。我呢，自己卽寄附（捐獻）工場要用的敷地（基地）給他使用，這個方法敢（難道）不是太便宜。會社免錢有地可用，而咱爲著會社地價會高起來。」

眞是萬全之計，一人傳虛百人傳實，關於這段記事，勿論是日刊新聞啦、週刊啦、旬刊啦、半月刊啦、月刊啦，足足刊了一個多月。在這時候，勿論遠近的人士，都有些注視到T鄉來了。

讀了這段新聞，得著這個好音信的林大老，免不了心頭一動，有這件便宜的是最好沒有，也就放了工而來探視T鄉了。一見地勢又平坦，地價又賤，比較台南地方眞是好得幾倍啊！莫怪T鄉起色，如果S會社第四工場設置之後，地價再起，豈不一時變成富戶嗎？良機不可失！基督信徒的大老，不敢違背著主的旨意，有好要相報，有福大家享的，當然是要報給親近朋友了。

經過幾日之後，台西的自動車（汽車），每日皆告滿員，今日也有人來看，明日也有人來問，也有要買的，也有要贌（租耕）的，摩肩接踵，絡繹不絕，這個T鄉爲了那幾段新聞之故，眞是有幾分熱鬧起來了。

可是，有些缺憾！這個偏僻的T鄉，連飲食店也沒有，不，就是雜貨店也找不到，像這幾日這末人馬雜沓，沒有店舖將是不得了。

大凡來視察過的人們，皆異口同音感覺著不便者：「土地雖然好得很，不過沒有商店是很缺陷，怎麼，連中午的點心也無地去吃。」這樣地嫌T鄉不便的話，不知道由何時而傳到本頭之耳呢！阿片仙（鴉片鬼）的本頭，好像犯著什麼重大事件似的，也像有什麼緊急要務掛身的樣子，看見時鐘七點，急急忙忙燒了幾口阿片，打息風燈火，手携一個包裹，就一直向衙門來了。

T鄉這位C大人，是個活潑的青年，又是富有建設精神，自赴任T鄉以來，就抱有了一點市街建設之志，每於晚飯之後，就一心忙於設計，到如今案已成就。放下了筆，拿起圖面，看了復看，C大人暗暗地歡喜，獨自一人在哈哈大笑。本頭看見C大人在痴笑，免不了躊躇一足，抽出一條洋煙起來生了火，由這洋火的光一閃，C大人像有些不好意思似的，伸出頭兒向外張望張望。看見是本頭到了，面赭赭地，緊緊招呼本頭入坐。

「這很小可（小意思），平素受大人十二分的愛護，很多謝。」

「豈敢豈敢，我未曾做出什麼事來，就受你的這麼賞賜。」

本頭看見C大人桌上一張圖面，也不客氣地伸手拿過來一看，便吻吻地〔瞇瞇地〕笑著。

「世間事怎麼有這麼湊巧的暗合呢？」

一爲飽他的私腹而設計，一爲增他的名聲而設計的。

「我本就想去拜候先生，湊巧先生今夜光臨，好極好極。」

「有什麼貴事？」

「就是關係這張圖面的設計，我想要來建設一個市街，敢請先生來發起發起。」

「是是，我也想要來拜託你呢，這層大事業，若沒有藉警察的氣力是難得成的。地方興衰，盡靠大人一隻手，大大拜託，又這一個月來各新聞雜誌，也眞爲我們宣傳得很賣力了。大人旣有這樣熱心，必定功成名就，那麼就請你大人出來努力一下，我所能及者，無不盡我的綿力相幫，會得成功，我們也曉得大人、報答大人的恩情了。」

二人妥協就緒，本頭出去之後，C大人像有點不滿之狀，突然憤憤自語：「人講本頭大出手，其實全是白賊〔說謊〕，我爲他那樣大宣傳，爲著拓殖會社土地的地價高昇而計劃著，這一個月間，若要算宣傳費用不知要多少？僅僅一箱敷島〔香煙牌名〕做什呢？」

「幹……」氣憤憤地將那箱敷島煙向總舖擲下去，因之箱蓋一開，內中的敷島煙一包包跳出來，「噯喲！也有十票（十元鈔票）落在其中。」C大人在這一瞥之下，滿面又是春風了，笑嘻嘻地一包包的敷島煙再拾起來，一張張的十票收好了後，躺在牀上暗暗地想：

「僅僅以嘴宣傳幾句，就有這樣大的禮素，如果照案成功（照計劃實現），我的腰包內必定……哈哈哈。」

C大人那晚爲了這件不要本的生意掛心著，老睡不成眠，反來復去，心裏只是這麼盤算著：

「保正一人一間，八間，啊！少局（小場面）至少也須有四十間卽會看得，也卽有一個市街的款式，對保正甲長照派吧！」

「是了是了，妥當妥當。」翌日C大人就召集保正甲長，開了臨時保甲會議，在這席上，C大人將他的計劃，一五一十講給保正甲長聽。大人的話誰敢公然反對呢？況兼這計劃又是個T鄉的振興策，照理當然是要原住民來提倡，而今C大人提倡在先，地方的先覺者們那能不繼承於後呢？第一保正要起（蓋）三間，第二保正二間，第三保正較有錢些須起五間，甲配一間，乙配一間，總共就可起得四十二間，當場推薦本頭爲理事長，各保正爲理事，C大人自己當建設工事總指揮，這偉業，總算理出了一個端緒了。

其工事決定就付諸競爭入札（投標）。

林大老自去視察T鄉，受了本頭關於自作農組合的好處的種種說明之後，就有準備要棄掉了親愛的故鄉的決心，大約實行也只是時間問題吧。

是另一個安息日，林大老於禮拜堂裏，看見南報地方紹介版，以特大的活字（鉛印字）印著「祝T街落成」，滿載著新興的標語，中間也有T街的全景，C大人的寫眞（照片），本頭的肖像，地方頭兄（地方上的名望者）的尫仔頭（指特寫照片），這就是C大人計劃的T鄉市街落成大廣告啦。

「果然不出我所料，將來很有望的T鄉。」捷足先登，林大老決定了。

大老一行數十戶，這一來能夠永遠成了T鄉的良民與否——姑且勿論——大約是決心要永久居住的吧？

大老這一行同志來到，就卜地於T鄉東方K組合監視所附近，贌來拓殖會社一大塊土地，這是採新興之意，東方是日出之鄉，像日初昇的款式，其意雖妙，那末其所居住的家屋呢？却極其簡單，用竹爲樑柱，用甘蔗葉來蓋屋蓋，比較隔壁K組合監視所是有天淵之差哩！「君子食無求飽，居無求安」，雖比不得K組合的監視所，他却也安然地過日，做了T鄉的良民了。

大約是十二月吧，本頭所計劃的自作農組合成立了。「謀事在人，成事由天」，這句話講得切實啊！新興的T鄉方才舉了呱呱之聲，那知會逢著世界大不景氣〔註一〕和濱口大方針〔註二〕的緊縮〔節制〕！出世遇著呆光景〔不景氣〕的T鄉市況也就日不如前了。C大人為這不振，眞是焦心得萬分，為著助成市況關係，要T鄉鬧熱，勿論是衛生取締咯，什麼取締咯，攏總〔全都〕放寬了，就是犯法的賭博也無心顧及——不，像故意的。

T鄉是C大人建設的，他當然是個功勞者，不，是個興衰的大關係者。如不極力維持，要是店舖倒閉，市況蕭條的時候，於大人的名譽上大有不雅，所以只要是可以使T鄉繁榮的，勿論是有沒有犯法，都一例〔一律〕予以默認。況對賭博的取締放寬，不但市況會鬧熱起來，就是C大人的腰包也會漲破呵！

慣聞賭場的大頭Y探得這個消息，喜出望外，馬上就跑到了，表面拿開自轉車店為招牌，內面却開著賭場，其實倒不如說是開賭場為正業還確當哩。「嫖賭飲。」這句話講得著實正確無誤，賭徒自然是嫖客，凡嫖客沒有一個不是酒

註一：世界大不景氣，是指第一次世界大戰後，一九二九年的經濟大恐慌。

註二：指一九二九年濱口雄幸就任日本首相，所提倡的產業合理化和緊縮財經政策。

仙，大頭Y開了賭場還感不足，恐賭徒沒有處可嫖可飲，針了一針嗎啡，手拿一個信袋，又拜見C大人去了。

現在的C大人不比從前了，凡日沒之後，C大人的官舍不時人馬不絕，甲要拜託領執照，乙要拜託領什麼營業牌，那T鄉保長媽，不知道要來託請什麼，也和C大人講得津津有味，「死囝仔（指C大人）你這時候若曉得做法，勿論誰都會曉得你啊！這T鄉又是你創設的，當然要你來支持……勿論是有牌的，也是沒有牌的小商人，咱不免去管他，就人人都愛來——就會鬧熱，你都曉得人會給你甜頭呵！嗳喲！大頭Y未曾來過嗎？這幾日必定油膩咯，我昨日對他店前行過，看見店內人馬無數，只昨日一天至少也當（抽頭）有百圓，恁祖媽得確向他講，若有百圓當然要二分之一五十圓分你……」

大頭Y聽見是保長媽的聲音，不客氣地入去向大人鞠了一躬。保長媽說：

「死囝仔是你啊？偷講你的壞話，你有聽見麼？」

「我未曾聽見。」

二人對答之間，C大人進茶來，向大頭Y說：

「啊！前天很多謝。」

「豈敢豈敢，受大人的愛顧。」

「大頭Y你這死囝仔栽（死傢伙），這幾日飽肚咯——要對半分卽會用得（才行）：

⋯⋯」

保長媽飲了一口茶，對大頭Y講。

「好啦好啦，總之尙缺一間酒樓，賭脚（賭客）第一要著，有藝旦好嫖，有酒好飲，才宿得住，我想來經營一間怎樣？」

大頭Y講嘴未合，保長媽又接下去：

「極好極好，這地若有酒樓，恁祖媽那個夭壽孫子，也免走到別處去嫖。」

又是喝下一口茶：

「嗄！眞是朽木不可彫，今日也要娶細姨（小老婆），明日也要娶細姨，一個娶一個放（棄），到如今足足娶了四五個，放了四五個，唉！我被氣得⋯⋯！」

「氣得屎都喰不下去。」

哈哈哈，這是大頭Y的報仇。

這層生意不但大頭Y好，就是地方振興上、市況鬧熱上也大有關係，勿論C大人是贊成的，況兼大頭Y好，C大人那有不好呢？三人講得不亦樂乎，忽然由東北方傳來了一聲「喔喔喔呵」的鷄叫聲，「嗳喲！一點鐘嗎？」這才把他們拆散。

C大人爲著T鄉而終夜不眠，一面林大老爲著自己也終夜不休地計劃，然而C大人的計劃事事成功，大老的計劃却是C大人的反比例，他是個基督的信徒，又是個熱心教育的人，記得他當初到T鄉時，看見T鄉的教育那樣不振，於心也曾不安了一陣，常感慨無限地說：

「勿論是工──農都有享受教育的權利，凡人若沒有受過教育，是違背著主的旨意。」對教育很熱心又有理解的大老，無如（沒有料到）新規（新創）事業，進行得不很順手，爲著經濟所困苦，自然而然也對教育冷淡起來，不，到現在就連自己的小孩子也不登校（上學），而幫忙著農事了。T鄉本是大老的樂土，現在却變成大老的怨府了。這時候的林大老，人眞有點頹喪了，只是披星戴月，爲這新規事業忙的連安息日也無心去禮拜，不，也不聽著什麼鐘聲了！

是五月初旬，大圳的水，「嘻嘻嘩嘩」地流著，這一來造成了大老準備下種之心了。

種什麼好呢？台中特二──嘉義晚二──本島種省肥──………哈哈，台中六五，六五雖然農會不獎勵，總之有可收成是最好的。

芒種過了便是夏至，中間作的下秧期到了，大老的播田準備大略是完了，田岸直的──橫的──一條一條，一區一區，看來足可慰安著林大老過去的忙碌，滿園青翠的田菁被那涼風搖蕩著，宛然像在招呼著：

「水啊！緊來喲，我們的主人候汝好久了，爲著汝不知喪盡了多少膏血，要是你不早點兒來，將是無可救藥了。水呵！快來喲！乞了十數年，才得看見這一滴，然這一滴會夠救治那病魔嗎？」

「大老！這條小給水路你不得使用。」大老正於水路上痴立悶思，忽然聽著這一句，便啞然失色。

「沒有聽見嗎？你們的維持費未繳納，水要——錢又不願出，畜生，我已有幾次通告你……畜生。」水路巡視員又帶輕視地責罵下去。

「廣崎兄，你也不要生氣，這筆維持費都不是不願納的，這應當是歸業主負擔的……。」

「橫直水是斷然不給你的，這條規矩是郡守大人定的，你若不服，可去郡役所理會就是。」

受了這一番侮辱的大老，眞是悲憤交集了。郡役所理會幹嗎？他還把我們放屎百姓（村夫村婦）放上眼麼？呸！無濟於事。

「罷！罷！罷了！五月、六月、七月、甘蔗、揷甘蔗罷，我若不播秧，你奈我何？」

大老爲著事業失敗，越發一日餒志一日了，屋又是爲著無情的雨打得屋蓋腐爛，爲著橫暴的風打得墻壁破壞。「第四工場建設…海口築港…自作農組合的好處…地價會高漲起來……一切的一切，唉，上當了，無一不是資本家的騙局……。」舊事重憶，大老切齒頓足地憤然失悔了。而隔壁的K組合監視所，不顧著組合員死活，不顧著這殺人的不景氣，這回更改築得堂皇壯觀，庭園也整頓得廣大雅致，花也放得異常芬香，監視所今日舉落成式哩，郡守以下官民多數集合在這美麗雅致的殿堂，大飲落成酒，特吃祝賀宴，紅紅綠綠的，內臺（內地和臺灣，內地指日本）美妓忙個不了在侑酒（陪酒），人人皆飲得不亦樂乎。「快快，樂樂」的猜盃聲、碰盃聲，不絕地洋溢全村。一面大老捧碗蕃薯簽湯，舉雙竹箸在破壁通風的屋內吃中午，被這喧嘩之聲所擾，更加悶起來了，喉嚨一硬，再也沒有勇氣吃下去，放下了箸碗，便跑到店仔口告示亭邊呆望著：

甘蔗區以外不准人插甘蔗………勉強欲再讀下去，忽由監視所來了一個醉漢，七顛八倒地嘴裏唱著「サケハモトヨリ」（當時日本流行歌—酒不用說）……掠大老身傍過去。

官廳不准我插秧，會社不准我插甘蔗………果然嗎？唉！啊！碰的一聲，大老跌倒下去，不知是傷心氣厥，或是被那酒仙撞倒，只見他久久還爬不起來。

——本篇原載《臺灣新民報》第三八七、三八八、三八九號，一九三一年十月廿四日、卅一日、十一月七日出版

興兄

太陽將西墜了，鳥兒雙雙對對尋歸它倆的故巢去了，彼此田間的農夫們也在準備著歸途了。

因是在嚴冬時節，天氣還是寒冷，在走路的人們，無不是狗狗走走趕著，風又是強得很！路又是無遮無截，更使走路的人們加速度了。

受著前回的風害，那一遍甘蔗雖有些春心，還是枝枝都攏枯槁似的橫倒在那甘蔗園中呢。

天是一刻一刻暗來了，萬物漸漸寂靜起來了，坐在風遮下的那個興兄，一面卜煙一面看那田裏的水，似乎不知天之將暗了，這時田間，只有田頭園角的風遮，伴著興兄而外，已不見隻影了。

興兄的田，非取圳水，是乃鑿井取水灌溉，對於一滴的水宛然是像金錢惜重！

節季又是到了，彼此田間也已著手播秧了。那末，興兄的田，水遲遲而不能滿，就是再鑿一個呢？又恐不得如意！興兄爲著這區田水不足，眞是忘餐廢寢！興兄是一個善唱曲的，這幾日來，曲也不能唱了，月琴也不能彈了，爲著這區田水不足將生起病了，他有了一區田，能夠養成一位大名鼎鼎的後生〔兒子〕，就是他也特別對這田作致意得很！

興兄今年已是五十多歲了，他的強壯，還是不遜壯年，他生下五男二女，皆已長成了，除起大名鼎鼎的風兒而外，皆是在家和興兄業農。興兄的大兒子，不知由何時而學得鑿井之術，又是學得上手，凡所鑿的井，水量多又兼耐久，人人稱他「打井司阜」〔即打井師傅〕，打井司阜，就是他底別名啦。

嘉南大圳未成功以前，還是在甘蔗黃金時代，當地一遍皆是植甘蔗，那時的甘蔗價很好，却也萬萬比不上粟價之高呢！興兄知道地上的泉水，足以播稻，他就命令鑿井起來了——斯時鑿井僅以給食用——一連三四個，水已滿滿田上了，興兄著手播稻了，那時候的粟價太貴，興兄爲著他底兒子能鑿井，比較他人早點兒播稻，致之〔以致〕比較他人加得著多大利益，興兄年年富裕起來了。

衣食足，然後知禮義。興兄本是個貧農，他底長子並無送伊上學堂去！雖其次男太兒有受過舊式的書房教育，讀那子曰焉哉乎者，現在已不是他之舞臺了。那風兒行三，他可有點福氣吧！及至要入學那年，書房教育已經廢止而改新教育了，風兒也生得眉清目秀，一表人才呵！當然是很好讀書。近年來的興兄，因爲家裏有些餘裕，又看風兒好學，如果園區的五谷（五穀，指農事）有順續（順利），就是送他中學大學去也可以了。

風兒公學校（日據時期台胞兒童唸的小學）畢業了，也準備著入學試驗了，在這教育閉鎖的孤島，雖是優秀的風兒也考不能夠中！後來承友人之勸：在臺灣不能入學不如上京（指東京）去好……決定上京了。

風兒上京去了，抱著男兒立志出鄉關，學若無成死不還的風兒上京求學去了。

景氣是如流水般地，有時流來，有時會流去。大戰後的好景氣，反日壞一日了，粟價也致之崩落了，蔗價也大跌落了，竟然釀成個有貨賣無錢的狀態了，農村的疲弊直趨至極點了。興兄也因爲逢著這殺人的不景氣，又兼每月風兒的學資，日前的積蓄已不知走那裏去了，不！風兒的學資終難維持了，若是長此以往，不但風兒的學資難持，就是興兄一家的生活費也無從支理了，這時興兄的心兒如石磨般地將碎了。「豈知道天不從人願，早知景氣這麼反動，悔我當初勿送他唸書去就好啦！」今日也有風兒要錢的信到，明日也有風兒的信，一連三五信眞使興兄難以爲情，電報又到了，這樣叫興兄怎麼辦呢！就是將那區田來賣掉吧？那末將來要如何是好？唉！又是電報到來了，興兄的親友好頭也爲他接濟多回，奈因大破難縫，景氣又是一日深刻一日了，如果景氣不能恢復，終是不得不叫風兒退學了，興兄正在進退維谷之中，突然救星出現了，如果將田畑賣掉，不如將田畑爲擔保，對勸業銀行借錢好啦！今年這區擔保，明年那區擔保，現時興兄所有的田畑攏是帶勸業銀行的債了。

光陰如電閃般地過去，風兒卒業了，風兒學成要回鄉來了，現在的風兒是不比昔時的風兒了。他因爲在京多年，已經結識一位大和姑娘了，探知風兒要回鄉，她也願意和他渡臺了，風兒這回的歸鄉，恰好像清朝時代的「狀元遊街抛綉球」，風兒這麼豔福，誰也欣羨！就是興兄能夠得著一位大和姑娘來做媳婦，也是前世有燒好香點好灼〔灼，燭〕！立志出鄉修學很少的當地，能夠像風兒這也可爲後來立志的一個好標本〔榜樣〕吧！

得著這個好消息，興兄的暢快的程度，怎能夠以筆墨形容呢！就是全庄的庄民也引以爲榮，要大大歡迎祝賀了。

風兒的歸期只是明天吧了。興兄一則以喜一則以懼，如是咱人，他是老經驗了，但是這回却是娶大和姑娘，她們的風俗又是全然不知，興兄又很守古例，像那個「子婿燈」是不可缺的，那末興兄最致意〔在意〕的「子婿燈」要怎樣辦呢？沒有掐燈怎得稱是娶親，沒有掐那「子婿燈」，怎得知道我們的威風呢！

隔日，萬般的準備已就緒了，赴會的親戚朋友，接踵而至了，遠遠有聽著爆竹聲響了，於庭前戲遊的小孩子們嚷起來了：「新娘到了，新娘到了。」果然自動車來到興兄門口了，哼？未請出轎，新娘已經下車了，興兄最致意者就是那個「戶朾」（門檻）——戶朾講是乾官（新娘稱夫父爲「乾官」，即公公。），新娘初入門不可踏著戶朾，若失誤踏著戶朾，乾官不利——有請出轎無請出轎，這是乾家（新娘稱夫母爲「乾家」，即婆婆。）應做的，興兄自新娘到位，他就命令一個有斟酌（留神）的人顧在戶朾邊了，那末新娘却不對大廳來，而和風兒對房間直入了。

興兄得著這個消息有些不快了，那末他也如常接客！

式（結婚典禮）要開了，來賀的人客（客人）也已到齊了，新郎新婦入席了，場內鼓掌如雷歡迎了，新郎新婦穿著「紋附的和服」（滾花邊的日本服飾），並立リルリル（招呼）向著衆人道謝了，風兒因爲離鄉多年，鄉語也忘記了，就是在來的生活也不慣了，自己的祖家是住不得了，興兄傾家蕩產望風兒學成回來，顯祖榮宗，豈知道連那舊前庭「兄弟翰林」的燈號也不得掐！眞世風不古了，人倫墜地了。

式後新夫新婦携手就出門去了，興兄自風兒榮歸，反日日不快，精神有些異狀起來了，娶媳婦未曾奉侍他一頓，不！連她底顏容還記不清呵！近來的興兄眞不如常了，有時自早晨出門，及午常不知回，有時至夜深還不回來呵！終日只是守在皷井田（掘有深井的田地），行來行去！這幾日來的興兄，竟然變相了，自日未出，他就到田裏來了，終日只是坐在那風遮下打盹吧了！

砰砰爆爆……興兄聽著「砰砰爆爆……」辭年的炮聲忐忑醒來，舉頭一看，天已暗了。「唉！年到，哈哈，險些兒忘記！我底風兒必定回來了，今夜的團圓，一家團圓，圓，哈哈……」興兄扒起來，三步行二步走，興兄一直走到門脚口了，看看門聯也換新了，紅錢也糊了咯！興兄跑到厝內，看不見他底風兒的形影，詫異地講：「是是是了！暗邦車（最後夜班車）返來？」

炮放了幾多落了，堂上也已經燒金了，鄰右張三的孩子也返來了，李四的孫兒也自昨天就回來了，一家團團圓圓喜形於色，歡喜著今晚的圍桌（圍爐）了，暗車過去了，四鄰炮聲又響起來了，興兄懊惱了，詛咒了，啊！眞大不孝！哼！汝也不該新得這麼款！年頭到年尾，勿論是誰也該回來一家團圓，怎麼連這年到日，汝也不願回來嗎？好！等待過年呢！恁爸卽來去問問汝，如果眞不承認爸爸也吧！興兄氣噴噴地和他底大子細孫，饗那年到之宴了。

初五是隔開了，嫁出去的孩子也返來行春了，興兄的家族可大得很，子孫男女一共二十多人，他又是一家之主，大媳婦二媳婦款待他是無微不至！親像面桶水（洗臉水）啦，漱口水啦，這是不免講，興兄是個業骨（勞碌命）的人，那末他是公公祖祖了，興兄看大媳婦二媳婦在款待他，就連想到他底大和媳婦了，自從大和媳婦入門，興兄未曾受她奉一個盆水、一個漱口水，興奮奮（意謂激動）地出門一直去了，興兄起了問罪之師了。

風兒就職古都，興兄出門向古都而來了，興兄自從媽祖停止進香，已是很久很久不到古都了，路徑也認不清了。下車出了車站，興兄舉目一看，事事都不如前了，興兄詫異地自問：「豈不是古都嗎？」興兄終不得不雇車尋風兒去了，風兒在古都是足有名聲，人力車夫無人不知道的，興兄端坐在人力車上玩賞古都風光，而任車夫去走了，一彎一曲飛也似地直跑，興兄在車上所過的闊大街路，興兄生了疑心，或是走錯路。否則怎有這樣馬路？興兄正欲喝住，車已是到了大名鼎鼎的風兒官邸了。

時在下午一點零鐘吧！風兒是還未退廳（下班），大和媳婦也不在家，門又關得緊，無奈他何，就是遊遊去呢，恐道徑認不清，興兄只是龜在官邸而候風兒退廳了，足足等了二點零鐘，煙卜了成盒，興兄打盹起來了，不！不知道精白幾多臼米（喻不知過了多少時刻）了。

門開門的聲，興兄忘忘醒來了。噯喲！待久都就會有，興兄來到門口探頭問說：「風兒可有回來麼？」興兄正要進去，在那瞬間，大和媳婦反大聲喝說：「馬鹿！」（日人斥罵之語，混蛋）竟然將門關起來了。興兄大失所望，心想要返去，然而未見風兒一面是不願！想想她必定是𣍐認得，再叫聲說：「我是汝底爸爸，快開門！」興兄一聲叫，一手打開那門來。那末她豈懂得他東西，在內面還是罵不絕口：「淸國奴——馬鹿——」興兄無奈他何，徘徊於門口了。日將暗了，小學生放暇出來了，三三五五講著半國語半臺灣，興兄知道是臺灣囝（臺灣孩子），興兄託那小學生爲他通譯了，大和姑娘開門了，興兄看見門開，不管三七二十一，起脚就跳入去了，大和姑娘正在內面料理著暗飯，一鼎米還洗未好，却被興兄踥一下，散散一灶脚（厨房）內了，興兄也被水滑倒落了，一時小學生將那灶脚團團圍住了，足足有二三十人，大和姑娘看見也好氣也好笑，出來趕開那小學生時，正好風兒由衙門搖搖擺擺回來，風兒踏入門，興兄還未起來，風兒認是他底爸爸，緊緊雙手牽他起來了，大和姑娘這時也和她丈夫扶爸爸了，興兄轉怒爲喜笑說：「哈哈，我底好媳婦！」二人リルリル不知講什麼，她拿了一雙下駄（日本人穿的拖鞋），汲了一盆水，置在興兄面前，她底幼麵麵（細嫩）的手扶興兄底粗鄙鄙的脚洗了。興兄笑吱吱（笑瞇瞇）任她去洗了，上牀了，興兄那能慣坐疊（榻榻米）呢！他仍然並於壁邊，拿起他的隨身寶大砲煙吹而就卜了，父子談談些世事，問問家計，不一刻她底大和媳婦暗飯已安排好勢（妥當）了，風兒也就席了，請興兄就位了，看他大和媳婦坐而不退，興兄假意卜煙不敢坐位，任他風兒催請，興兄那知是她們的風俗如此！終勉強就位了，風兒知道伊底爸爸慣飲玫瑰露，那幼麵麵的手拿著玫瑰露酒瓶請興兄飲酒了，興兄斟一口知是他最所好的玫瑰露，一飲而乾了，興兄平時是以碗爲酒杯，今夜那小小酒杯，一杯只有他一口罷了！今晚上又是大和媳婦跪在面前酌酒，興兒心滿意足飲到乓乓醉醉醉醉乓乓，興兒大醉了，打盹起來了，終坐顧不得了，砰！倒落去了，有禮無體的大和姑娘，看她底爸爸這麼情狀緊緊牽他去睏了，將近半暝時候興兒酒退醒來，他所倒的非薦，却是個重重疊疊軟趛趛（軟綿綿）的被上，興兒如此的睏法是初回，就是他妄想所不及吧！不！反使興兒之不自如了，酒退醒來的興兒反睏不合眼，一冥翻來覆去，怪那夜之太長，不待天亮他就起來卜煙候明了。

天光日（次晨），正好是星期日，風兒不免（不必）到衙門辦公去，項要案內（招待）他底爸爸遊遊古都，看看風物，早飯畢後，風兒先出門去買了一個中折帽，一雙烏布鞋回來了。

興兒是個老實人，他雖要到古都來，況兼要到大名鼎鼎他底風兒處，仍然是包頭布、赤足、拿長煙吹，如此誰相信伊能夠居著那麼子兒！興兒雖戴不慣中折帽，履不慣烏布鞋，那末爲著風兒好意，雖不自然，勉強照風兒之所欲而爲了，文官服的風兒底爸爸，那是衣冠不齊能夠傷著風兒體面，素不履鞋的興兒，欲顧全他底風兒體面要履鞋了，興兒隨著風兒之後出門去了，興兒一步行一步斟酌（留意）著所履的鞋所戴的帽，二人出了官舍穿過一座高樓，舉頭一看，一遍都是大厦高樓，馬路光閃閃，一步入店內，如臨仙洞，什麼貨都有，在那間店內，足足行了好半天，還看不盡，這時興兒脚也酸了，不！不知道摣（長）了好幾泡了，及至最高層樓上，是忍無可忍，時也將午了，勉強行到食堂來，興兄看見無數的美女來來去去，疑做是個菜店（酒家），細聲問說：「風兒！可不是菜店嗎？」風兒只是搖頭和那美女リルリル講起話來了，興兄椅坐未定，鞋就脫下來了，看看脚骨的泡，拿鞋起來嗅嗅看了，茶來了，酒到了，不一刻菜也來了！興兄看見酒矸，嗅著酒味，脚也不知痛了，興兄酌了一杯嘓嘓吞下去了，知非玫瑰露大失所望，除非玫瑰露，伊是飲不慣！雖講什麼白鹿、若翠（皆酒名），興兄也不好了！伊不飲了，那末沒有酒，就是怎麼山珍海味也無用了，風兒知道伊底爸爸飲不慣，就要離開那百貨店，行到昇降機（電梯）口，正好要降下去，就緊緊拖伊底爸爸入去了，不知道是太懶所致，還是如何，興兄一時暈去了，風兒大驚失色，一時那百貨店內亂紛紛起來，因是一時著驚，幸不至大事，定神醒來了，那時候要雇車給他乘，他不要，風兒也無心案內了，出了百貨店，要回去了，這時興兄鞋也不履了，一手拿著布鞋，一手拿著煙吹，也因是暈後吧，興兄行路有些不自然了，又是在那銀座，馬路往來的人們足多（很多），興兄在越角（轉角）又被那交通取締巡查扭住了，興兄又犯著左側通行了，這時興兄感覺都會怎麼如此艱難過日呢！他愈想討厭起來了，興兄是一時想𣍐得一時緊離開這討厭的古都，回到他自己的田裏來了，這殺人的都會有什麼可留戀？興兄要回去了，他底風兒和他底好媳婦留之不得了，興兄入門拿起長袍披在肩上，就要出門了，行到玄關又被他底大和媳婦扭住了，興兄懊惱了，大聲喝說：「不可延遲啦，這款所在有什麼可留戀！我田也未播呢！我底心是苦𣍐展羽飛回去！」但是長袍已被她拿去了，興兄一時忍不住地：「姦恁……這就是眞正好意換一個怒氣啦！」風兒爲她辯護說：「爸爸！她是講你的長袍破破的難看，太不體裁，她要爲你包個好勢啦。」父子先出門口，她也隨後而至了，三人來到車站時，北上的車也到了，興兄上車，她說聲：「サヨーナラ、マタイラッシャイ（再見，有空來坐）。」興兄那會理得她呢！知，知……車發時，興兄大聲喝說：「唉！沒記得去媽祖婆燒金了。」

——本篇原載《臺灣文藝》第二卷第四號，一九三五年四月出版

理想鄉

一

天還未亮，方才破霞時候，大地的一切都還靜寂無聲，在那時分，譬如有咳嗽一聲，都聽得淸淸楚楚………

時在淸明直後，日間去掃墓的乞食叔，不知道他爲什麼感歎著，自掃墓回來就有些異狀，一夜睏不成眠，天未光狗未吠，他就起來坐在牀上啞咳啞咳地卜煙，有時喝牛：「嗡嗡，哪，恁娘呢，畜生汝啊！」乞食叔生火點煙的時，看見眠牀上有牛屎，氣憤憤地起脚踭去踺（用脚尖去踢）水牛。

乞食叔的房間是兼牛寮，他的眠牀是置在牛寮的一角，它是房間或是牛寮，總是任人去判斷，乞食叔他怎麼不起（蓋）牛寮，何可（何苦）將伊的房間充做牛寮用呢！人在牛寮內睏，豈不臭牛屎味嗎？這是他的環境所使然，都也不感覺著臭氣，準做〔就算是〕嫌臭牛屎，亦無奈他何！

天是一刻一刻亮來了，於寂靜之中而漸漸轉有聲說來了，當火爴〔炊事〕的婦人們起來準備早頓〔早餐〕了，彼此的灶脚厝頂〔廚房屋頂〕都攏是〔全是〕煙烟煌煌蒸了。

空、空、空……敲鐘的聲，由鐘台而傳達到四方八達了，庄中的人們，聽著空空的鐘聲一齊集合來了，乞食叔方在柴〔擦〕眠牀上的牛屎，忽然聽著鐘聲，放下伊的工作也跟衆人出門去了。

今日是美化日，庄衆個個要去美化作業，庄的美化工程，是以鐘聲爲號，如聽著鐘聲一響，勿論誰人有怎樣重要的工程，亦要放掉而服從這個美化工作！大家集齊在那鐘臺下而候指導員指揮了，指導員老狗母仔〔中村〕大人在這庄居住已有四十年之久了，也是個老臺灣了，他因爲要吾鄉好，拋棄他底故土而就吾鄉指導員之職，將來亦可是吾鄉的大恩公，就是他亦以吾鄉的慈父自居，所以他選定吾鄉的中央地點，建置他的高樓，四方八達可有道路直通至他之高樓。譬準〔譬如〕樹木，他之高樓是幹，其他庄衆的住家是枝、養〔葉之誤〕啦，一登樓上全庄一一可以修〔收之誤〕入眼界，老狗母仔大人自入庄來，他是日繼夜地灌全精神指導，今日能夠得著那理想鄉三個字，就是他灌全精神勞力所結晶的。吾鄉自得著老狗母仔來指導之後，雖沒有增進富力，然而生活却有些向上，日日接近理想來了，老狗母仔也置家成伙（購置家產）了，他之理想鄉的建設是豫定今年要完成他的工程了，在這四十周年的紀念要完成他底事業了。近來也因爲助手得力吧！老狗母仔像這七早八早的工作，大概只命令助手先出門去，他寬寬候候隨後卽到，這時候老狗母仔在內面聽著外口唏嘩叫，知是庄衆來了，向助手發令了：「加藤樣，你可引率甲班整理國旗臺下的花木去」、「吳圭，你可引率乙班去掃除共同便所，我隨後就到……」助手領了令，一直跑到鐘臺下的庄衆人羣中來了。

「甲班這裏來……」

「乙班這裏來……」

各人就各人的工程去了。

二

指導員老狗母仔，他爲著要吾鄉好，千辛萬苦計劃著，現在吾鄉比較四十年前，確實有隔世之感！庄的周圍攏是林投，在遠方看來宛如城壁。林投圍是自有庄到今，周周密密的林投內的汚穢，是足難見呵！蚊！蟲！蛇！不是生於當時的老輩，是所想像不到的，林投脚是共同便所（公共厠所），也就是豚（小豬）的遊覽地，若有遇著放屎的是它的幸運，有時放屎的人不注意，被牠碍倒（滑倒），脚川臀（宜爲「脚踃臀」，卽臀部）汚著屎，這非說謊確有事實。庄內的溝堀，堀裏面的臭水，如用科學的設施，取那瓦斯足以供給全庄的燈火，現在溝也不見了，堀也絕跡了，路也平坦了，臭水也沒有了，確有個理想鄉之模樣，此去只是綠化工程吧了。

指導者老狗母仔，爲要吾鄉好，不但盡力指導工作，也爲全庄人們接洽經濟，如有人資力不接一，伊也勞心苦戰，流通金融，現時全庄的經濟機關也被他握在手中。不！是吾鄉的生死關隘，不知不覺之間全庄的經濟攏（全）都受他的支配了，儼然像吾鄉的覇者。他臺灣話也很流暢，臺灣的風俗也很明徹，呆話（髒話，指「三字經」）是他的特徵，人又粗朴，又兼鬍鬚，目眉毛粗又長，聲銜（嗓門）又大，在庄頭喝的聲可以聽到庄尾，面相又惡，又學過柔道，雖年有歲咯，却還強壯，氣力也蓋庄，所以有時做著不法，也沒有人敢和他計較一句，有這麼原故，所致（以致）項項都能夠如意進行，他底理想，他底指導方針，也就是以經濟力壓倒爲原理啦，他底破壞工作將完結了，此去將進入建設的工程了，理想已達黎明期了。黎明期的理想鄉，理想鄉的黎明，美化的工程，綠化的建設。

「……笏啊！笏笏（可能是台胞對日本巡查大人的暗稱）趕緊趕緊，飯飲不食，媠媒嫺（婢女）的……」

「老狗母仔來咯！」在美化作業羣衆中，嚷出來的聲，衆人抬頭傾耳。

「哈啊！都不好相戲弄，害我驚一大驚。」加藤助手很得意地在笑。

「加刀サン（加藤）咱愛跟你做較快活，能夠永永登記跟你做是咱的希望，像和圭兄，每回都是干苦（辛苦）的，你看！他們去掃除共同便所，噫，臭臭臭……」

「噢噫！陳水螺，你底女孩子美的可愛哪！蔡尿龜，恁牽手（老婆）很嬲（騷媚）呢！柯蕃薯，恁牽手太醜……」這時候聽見加藤助手在誚體（譏誚）人，或坐或豎，卜煙的卜煙，食檳榔的食檳榔。

乞食叔他眞正有點乞食骨，人人息困（休息）卜煙，他不和人家息困，他獨自一個動作，加藤助手卜過一枝煙了，他看乞食叔還在工作，笑哈哈說：「留乞食（老乞丐）！你怎麼戇的如此！不要息嗎？再要起工咯呵！人息困的時候你不要息困，別人作工的時，你若要息困是不准呵！知影（知道）嗎？」「噢噫！大家動工……」日在東山將現了，美化工作的時間到了，掃除共同便所乙班的人們，三三五五向著國旗臺下來了，甲班也放下工作集合於國旗臺下了，老人也到了，囝仔也到了，大家整列好勢（妥當）了，老狗母仔大人也到了，東山的太陽現出頭兒了，一齊靜立國旗臺下向日徐徐下拜。

三

日上山了，鳥隻出巢去了，大地的一切都向著它倆應行的路上前進了，老狗母仔和庄衆禮拜了後，又發出命令了：「本日起向後一個月間要大整頓庄內，這回大人要來檢查檢查，如果檢查得入（通過），我們的理想鄉，就可以名震中外，知影嗎？加藤樣，你可領導乙班補修道路；吳圭，你可領導甲班修拾前日做未完的林投頭竹莿尾。」老狗母仔指令了後，又向著庄衆說：「本日大人要來監督，每戶各一人，要帶鋤頭鍥仔，知影嗎？」衆人應聲：「知、知。」「知影好，可返去食飯，食飽要緊來。」

乞食叔因爲昨夜眠不足，兼早起的美化作業，確實他很懶了，但是他又沒有人可以替，雖是心身不爽快，也勉強跟衆人再出門了。他又是個業骨人（勞碌命），不像別人會瞞官騙鬼，偷監督之眼，他又極古意（老實）無比，性又直，無欺無曲，又很執古癖，不！有些過頭執迷，那末有所不稱意者，他却不敢公然表現，只是暗姦腹諓（背地裏臭罵），他又很寡言，沒有問他，他是不和人家講話，做工呢！他是無算無論（不喜計較），勿論是做公工或是什麼，只是憑他底力量。但是，乞食叔對這層美化作業，雖沒有公然反對，像有抱著不滿，他終晡短日（一整天）也沒有息困，精神像有些異狀。「乞食叔，可以休息一點，你不食煙嗎？」助手圭仔看見忍不過，對乞食叔這樣勸說，但是，乞食叔也不理他，候了好久卽應聲說：「食卜（吃飯抽煙）何用！」這時圭仔看見乞食叔連說話都沒有氣力，想叫他回去呢！恐大人來檢點（臨檢），圭仔眞正爲伊焦急了，衆人也因之而停工了，或講東或說西。

「吳圭！」

圭仔忐忑越頭（回頭）看，看是老狗母仔到來，衆人看見老狗母仔到，古柄（話題）斷了，又動起工了。老狗母仔又再說：「你是來督人講古（監督人講話）嗎！畜生！趕緊趕緊！」老狗母仔向衆人喝了一聲，險些被他驚破膽去，沒有人敢抬起頭來，拼（清理）竹頭的拼竹頭，拼林投的拼林投，他監督一時間勝過圭仔一晡（一午辰）久。

「噢啊！大人也到了，壞咯壞咯！」「拍拍，五百，一千。」「大人啊！諒情呢！」「姦恁娘，拍拍。」「噢啊！千五，二千，你太邈視人！」「拍拍，二千五，三千。你命令的是嗎？拍拍，三千五，四千，臺灣人到今還戇的如此，怎有施行自治的必要！無彩（徒費）好花去插牛屎。」乞食叔去放屎，反頭來遇著李大人，看他卜行那不行，賞他巴掌，衆人看著乞食叔受虧。李大人發怒，無人敢停手了，老狗母仔也發作了，展他底好嘴舌來了，現出他底本相來了。

「較緊較緊，姦恁娘，駛恁娘，𡜵媒！精屄蒂啊，𣍐人姦，相姦會而已，老精屄不愛臭姦你，趕緊趕緊。」如此的惡口罵人比較叫大人厲害更甚。那可是他仍然自由自在罵不絕口，無人管束，不！無人敢應他一句，只是任他去姦去駛去罵，他是爲要吾鄉好，就是有些過火，却亦無妨，嘴歹心無歹，這才眞正是愛鄉心的發露！

四

P郡衙樓上的魔達塞鈴〔汽笛〕噴噴吼了，放工的令也發了，庄衆散散去了。下晡〔下午〕一時要到，違者罰。李大人叮嚀了後，跟保正伯向保正宅去了。十二點——一點，休息時間都沒有一點鐘久，煮食，飼牛草，怎辦得到呢！乞食叔很煩惱。他自昨年冬〔去年〕老牽手過身〔過世〕，到今還未再建置〔續絃〕，現在他還著兼婠媒〔兼代女職〕，食著自己煮，他又單生一個後生〔兒子〕，今年才十外〔餘〕歲，他又不像別人，雖是怎樣拖磨，也不甘使兒子輟學。俗語說得好：寒門出孝子。他底後生善體貼父親，學校回來，他就跑到畑裏來和他底父親幫忙，像早起時煮食，乞食叔料理鼎頂〔鍋上〕，他就顧鼎下燃火。家雖貧寒，但是，他倆父子之情，却是他家的貧寒之反比例，他底天眞爛漫之性，眞能使乞食叔有生存的價値。

放工回去的乞食叔，看見水牛腹肚通背脊〔比喩極飢餓的樣子〕，不顧煮食，尖挑拿起向他們的甘蔗畑去了，乞食叔剝好一擔靑蔗尾葉，三步做二步走要趕回去煮食，湊巧出畑未幾步，竟然遇著檢糖員來了。「姦恁娘，留乞食〔老乞丐〕，你偷剝蔗尾葉，再要減價呵！姦恁娘，你呆人〔壞蛋〕，枯葉剝了了，又再剝生葉，講你攏不聽，二層〔二樁〕攏要減價。」乞食叔像受判官的判決言渡〔判決書〕，頻頻求情。

「毛回仔（桃井）サン，諒情呢啦，你可憐我呢！請你勿減價吧。」

「前回是因厝漏得難堪，也是出於不得已，像今日也非我故意，你也所知道吧，到今我不敢去剁一葉，千萬不可報告……」

「噹，噹，噹……」召集的鼓聲響了，乞食叔一頓又打不見了〔泡湯〕，青蔗葉也被他沒收去了，檢糖員跟他挑到甘蔗委員宅來了，乞食叔放下蔗尾擔，趕緊向著美化作業道上跑了，「駛恁娘，你慢來。」又賞他巴掌了。

是方才起工，衆人太有元氣，那末乞食叔他不像衆人喝聲喝說。

「來啊！拼勢〔努力〕啊！放火燒——攏燒掉——竹莿、柴頭、木屐攏要燒掉。」

李大人自己也動脚手了，目之所見得難堪的，攏總要搬去化火了。呆狗嬸看見大人和庄衆大搬特搬，她緊收拾她的柴頭、木屐入厝內去了。豬羔姆也收拾她的了，圭屎嫂也收拾了。在李大人的意思，厝內之如何他是不顧，總是外面衆人所看得著者，譬如一枝草一塊石也要淸到乾乾淨淨，方使干休。雖是矛盾，那末爲著名聲，爲要賣名〔出名〕，是所難免！猪羔姆那收拾她的破家稱〔呼趕鷄鴨用的破竹帚〕那〔一邊〕咀咒：「斬頭！短命！不是街不是市，道路也淸到那麼光溜溜，元理末〔疑爲「原來」〕厠池是要創〔設〕在偏僻地方，怎樣慣慣〔偏偏〕都是叫人起〔蓋〕在道路邊，那像建厠池街？怎麼講著起在道邊咯！大人來才有看見咯！才知咱有起厠池咯！蕃天蕃地，斬頭短命你……」可是外面的破家稱、柴頭、木屐，因恐大人拿去化火，收得一目不存了，房間竟然變成雜碎間去了。

五

美化作業回來的乞食叔，也因中午打不見一頓吧！他全不像其他庄衆喝聲喝說，垂頭喪氣回到門口時，祇小孩子，三脚花跳〔蹦蹦跳跳〕，對他爸爸的鋤頭接來笑說：「爸爸，我今日習字得著『「甲ノ上』呵！不信我拿給你看看。」「好啊！」乞食叔只應他一句「好啊」。他底小孩又說：「明天要作文呵！我想要作一篇出神的文章，題要取怎麼好呢？水牛好嗎？咱的水牛很乖，我常常騎牠呵……」他底小孩子如此和他爸爸七十銅八十鐵〔臺灣諺語，意爲扯個沒完〕，乞食叔這時雖懶了，然而看見他底無邪氣的小孩子，竟然他的不爽快也消滅去了。那乖巧的小孩子，暗頓〔晚餐〕也爲他料理好勢了，對他有孝，書又好學，現在是六年生，他自入學至今，年年皆級長，受持的先生〔級任導師〕很器重他，時常來到乞食叔家裏，訪問乞食叔，就是乞食叔自己也不以家貧而羸志，不！每想著他底兒子，竟使他心膽益壯！

乞食叔家裏，每夜那盞微微燈火伴著他的敧敧倒倒〔頹圮〕的破家，由那破壁縫傳出來的讀書聲，聲聲嘹亮，如他之才，如他的勉強〔勤奮〕，只恐沒有能力可使他讀書，不然是足以囑望！但是教育也要身分相應，赤貧的不免強扒企送〔不必強迫要送〕兒子去讀什麼高級學校，受初級教育就可以了。赤貧的破布搵泔〔指節衣縮食〕送兒子去讀書，可比是〔就像是〕製造高等遊民，反能使世間擾亂，這也是老狗母仔大人的指導方針！他是致全力於產業衛生，如衛生思想沒有普及，是不得奬勵產業，汚穢之鄉誰肯來，他爲要吾鄉好，無一不是著奬勵產業，因吾鄉資力不足，非仰外資不行，他之衛生建設，眞有長足之進步，產業之建設也非昔日之可比。吾鄉因老狗母仔奬勵指導得力，能夠建設如是之理想鄉，衆人也在議論要爲他立個功勞牌了，將來要建他個銅像，或者是爲他起廟奉祝！功勞者老狗母仔大人！理想鄉建設者老狗母仔大人！

哈哈，功勞者？哈哈！理想鄉？

——本篇原載《臺灣文藝》第二卷六號，一九三五年六月十日出版

媒婆

噢啊！ 鼓吹——八音——

噢啊！ 春榼小百榼

「誰家娶媳婦，誰人嫁[illegible]媒子〔女兒〕？

得兄娶媳婦！

噢啊！ 得兄那麼敢開〔捨得花錢〕！ 如此敢〔難道是〕痟呢？ 一列排夠長亳亳〔很長很長〕，親像〔像是〕請媽祖婆，人人看著都呵咾〔稱讚〕，都欣羨、稱讚。

噢啊！ 綉枕頭，眞正著有空對有空，花鞋全榼，糸仔襪全榼，綉門簾、蚊罩簾〔蚊帳〕、尿桶籬、鏡巾、各各都有釣票，十圓、五圓、一圓、不等……

噢啊！ 有影大空〔意指眞的很豐盛〕，你看？ 連那竹蔬肉都也那麼大塊。

大家看啊！ 魯哥挑大小位隨後不時嘴呅呅〔微笑貌〕，歡喜可食米粉，紅包二圓銀。

——日近中罩〔中午〕——

扛檻的、扛轎的，皆滿身重汗，可惜，那花紅柳綠的衣裳，被那無情的日光曝夠強強〔快要〕退色？檻檻都塵埃，在轎內的新娘，不知道是怎樣哭得利害。

橫　橫　橫……（哭的聲音）不知是歡喜而哭，還是煩惱而哭？迎娶〔指男方的人〕、伴嫁〔指女方的人〕，皆不以爲意，任她去哭。

自新娘扛出門，大家趕大步，他們的肚裏都皷著到位可以夾戰根，內人—肉，八平—羊，疊土—圭（食四主的私語）。

音樂隊員，也有老的也有少年的，噴吹〔吹皷吹的人〕無牙，打皷長短脚，挨絃的一目，扛轎的大䠷歹，他們不像西洋音樂隊員那樣紳士派，有一定的團服，他們是祖傳的，是個下九流，第一衰，剃頭噴皷吹，食四主人，那像〔就像〕乞食班，出門就想夾戰根。但是，他們能夠爲我們保持音樂的一脈者，也不可放之等閑！

媒人坐轎做頭前〔前面〕，轎前披紅綾。

「到咯咯咯。」

「敢有影不〔是眞的嗎〕嗎？都葱仔味葱仔味咯！」

「人未到、嫁先到……」小三仔嫂行著姸媞媞，手拿著嫁錢嫁粉，脚那行手那炇〔

邊走邊指〕，那伎那唸……

鼓吹知噠吼，大炮乒乓叫，花轎宿一下定，一時人馬講百，她在那人叢群中，自由自在，脚踏得有勢有面，手也比得有花有字〔有板有眼〕，沒有輸那舞臺上的老家婆〔管事婆〕，若非是老經驗家，像那麼人馬，連話都講不得出！　那有如斯之自如呢！　莫怪她自誇說：「男女誰人那得失著佃祖媽〔沒有我，祖媽，爲自恃之辭〕，恐會娶沒有妻嫁沒有夫！」

小三仔嫂，看見衆人從她團團圍住，她故意愈大伎，可是！衆人被她伎得遍身都娽分！　大家一場哈哈大笑起來，讚美著小三仔嫂有欵，小三仔嫂太善答四句——人未到、娽先到——這是媒婆必然的妥言，又是迎娶的好個印象，親像盤帖的「進門大吉」等等的好話，媒婆在當日要講些好話來煥采，牽新娘也要講好話，食酒婚桌也要四句——講好話——

小三仔嫂，她是慣爲人們做媒人，妥話〔好話〕她是無所不曉，在頂下六庄的親事，可說是她包辦，勿論是在室女、二婚親〔再婚〕，都是她一手販賣，不限定大人的親事，就是囝仔的買賣，也是爲她斡旋，她的正業就是媒人。一家五口，皆賴她一雙手兩隻脚一個嘴，她只做媒人，並無作田，但是，她的收入，足以維持家計，她的丈夫阿三哥，又是個不長進的男子漢——阿片仙〔鴉片鬼〕——幸得小三仔嫂太賢慧，否則她一家五口的家費要從何出息？

乒乓……炮聲又響，新娘要請出轎。

小三仔嫂一出一入，不知道走了幾回了，拿箱啦、提籠啦、大小位啦，這是媒婆應盡的義務，小三仔嫂入來提物，出去空手，因是嫁粧足多（很多），害死小三仔嫂搬難得了，她是有食檳榔，食到嘴唇朱朱紅，嘴齒烏墨墨。她也縛過脚，在細脚（小脚）美的時代，她雖不能夠稱爲美人，但是，她那雙脚，還是定著，她那配起舊式裙來，下部只露出那二枝尖細的金蓮，在行路時，她底尾脽（臀部），她底下半身，眞能夠使男性者看著慾心火熻！現在雖有改放過了，但是，她那雙改良脚，還是縛得妖嬌可愛！它鞋尾尖綉著雙蝙蝠、后腁又有紅有綠，鞋屐又配得高，在遠遠看來，儼然親像履著現代式的高屐皮靴一樣！　行路雖講舊式欵，其實沒有輸那現代的摩登雅女，她底骨格（身材）又生得不壞，可惜，她底乳房軟垂了，那末（不過，但是），若肯頭毛（頭髮）剪短起來，衣裳改些束身起來，就是她那雙改良脚，那步步金蓮，豈有輸擺尾脽的摩登雅女呢！

它雖不合現代新青年的意，那末，如果五十歲前后的老不修者（好色者）看著，尚夠流涎三丈！

小三仔嫂，一面搬物件——嫁粧——一面和觀衆談笑，她是喜說笑，年雖有歲咯，總是她也不以年老爲意，她底性質有帶些滑稽，人家卽多加一個小字，勿論老幼個個只稱呼她小三仔嫂說，不定是她爲人滑稽，所致〔以致〕她的生意也不壞。

「小三仔嫂啊！　好空〔吃香〕咯！　這空捌〔這樁賺的〕呢，食得到冬尾〔年尾〕咯！娶加一嫁零五，聘金講千，媒人抽百五，紅龜粿、豬脚、炙棗，生頭上仔尙夠亦要煮油飯去汝厝燒金——答謝——世上沒有比媒婆更好空哪？……」

「噯唷！　我咾呵！　汝言就差了，世上沒有媒人，怎樣有夫有妻呢！　我是爲人家修好心做好德呵！」

「我咾呵！　人也非容易呵！　一起親事有時十行九行，尙夠不成者比比皆是，你想看呢？打聽夠有一個女子，打探一個男子，至到出婚仔，經過三日暗，平安、清氣相、八字有婚合，你看？　要幾多日？　這中間要行幾同？　至到送定、完聘、迎娶，喰著嘴會酸……」

時方過午，日頭炎赤赤，又是炎暑時節，這，應該非是嫁娶節季。但是，王爺公指擇的，雖講不合理，那末，王爺公會改會祭，能轉禍爲福，那有什麼相干〔關係〕呢！

觀衆——賀客——自正午十二點就大家到了。

庭前的布帆自廳門口搭到庭尾尾，因是一時的，沒有請技師設計，土漢搭的，沒有什麼雅觀，柱之長短不齊、横直參差，它是只留意於遮日，沒有顧及美觀，這也就是鄉村的結壇法——臨時集會所——頭前那兩枝杉仔柱——壇柱——糊著紅聯：「二性合婚生貴子，百年偕老出賢孫」彩也結夠〔結得〕陣陣當當〔叮叮咚咚〕——天作之合——乾坤定矣——賀客大家在這布帆下皷著笠仔、嚙著檳榔、汗流洩落。

噢啊！　嫁粧足多，從咱庄未曾有！　有價值，莫怪小三仔嫂噴圭歸〔吹牛〕，聘多那有相干！　果然有影〔眞的〕猪腸仔煮芹菜——有空對有空——一面聘金送多，一面嫁粧成多。」

得兄身當甲長，也是個當地名望家，資產頗豐，當庄戸數太小，不該分做二保，不然他斷然有個保正的資格，二十年前的得兄，他是三頓前二頓后，也是他的命運所註定吧！

湊巧潭底的官有地，丁區長在拿管當兒，得兄因耕作潭底官有地起息，他雖目不識丁，但是，他底手腕不亞謝介石外交手段，丁區長是個肺結核病者，他是個懶出門的人，那官有地託得兄代管顧，丁區長那就是得兄的大恩公了！　次次丁區長到來，他都是殺鷄奉承，得兄的生活程度還低，朴實，殺鷄就算大禮了，丁區長憶著鷄健仔肉好食，畑就任他去耕任他去作多作小了。得兄錢一下有，也著想卜住爽厝，得兄起了五間大厝，掠大脊、剪花，左邊的五間充做灶脚〔厨房〕，他又將舊破厝棟，搭一間置右邊的五間口做牛寮，廳堂而兼倉庫，貯粟、貯土豆，得兄每次由田裏回來，必然有駐足在厝門口，看看厝頂上的剪花，得兄看著吱吱笑〔瞇瞇笑〕，自己安慰自己，親像很得意的款式，得兄又善打算，想今年大厝當新相，來娶媳婦，足好沒有〔再好不過了〕，請入厝酒，請新娘酒，省又逞，錢拴便，媳婦在六脚佃，雖然他的兒子尙夠細漢〔還小〕，俗語：有錢人無大子，橫直今年娶媳婦，求婚，媒人講沒有情？ 我才來叫大粿的去，他豈敢不應承？ 就是他也可知道我是有和大粿的交陪吧！

得兄算起來，是個善諂媚的人，他不時藉著大粿的勢，非爲亂做，勿論大風小事都攏〔全部〕奉承區長啦，大粿的啦，如今日是不用說了，得兄娶媳婦豈有沒有請〔豈會不請〕大粿到厝。

新娘到位了，其他的人落也齊到了，奈因大人未到，眞使得兄憔悴得很！ 有時走出，有時走入，得兄走到庄外去，扒起〔爬上〕樹頂望望看：「奇怪？ 到今怎樣大粿未到！」他和大人那親像很知交，不但不稱呼大人，尙且叫伊大粿的，因爲他能夠替大人走踪〔奔走效勞〕，揹白鹿酒、掠閹鷄公、進貢柴草、鼓舞保甲民去和大人交陪。

「大人來咯！」

他心急急走出走入，聽著這一聲，心肝頭忐一大忑。

「哈啊！ 大粿的到嗎？ 佳哉〔幸好〕佳哉、我准獪得來〔我還以爲他不來〕，無采〔枉費〕我開〔花〕這筆錢！

——庭前的音樂團——

大吹奏著，噓唏哈啊好……

八音，知都知噠道……

小鼓，噹噹空、隆噹空……

大吹奏罷續八音，八音奏罷小鼓奏，但是音樂之如何，他們是不介以其意，攏〔全〕是注目在新娘。

「新娘今年才十六歲，子婿也十六。」

「噯唷！ 囝仔夫妻！ 個父母都也甘哈？啊！」

「今年也肯他娶？ 是她粗朴！ 無？……」

「哈噯唷！ 小三仔嫂太能講話，不然至緊〔最快〕也著十八歲年尾噢！」

「厝邊孀姆嫁粧會罷又論及新娘來了。」

「噯唷！ 小三仔嫂啊！ 你有影賢〔你真行〕。」

小三仔嫂帶著大小位，搖搖擺擺入來，猪羔姆和圭屎孀不約而同，對小三仔嫂扭住，小三仔嫂在大搬特搬嫁粧，不看見她的好妯娌——猪羔姆、圭屎孀，她不注意，她那雙改良脚，一下擺杯〔失足〕。

「噯唷！」返頭一下看。

「我咾呵〔當為口頭禪〕！ 你那可害死人啊！ 是我太有注意，若沒這大小位，那

〔若〕打……卜如之奈何！」

「噯唷！　有影都著，那麼？　你今仔日何苦縛得那樣嬌嫛〔嬌嬈〕？」

「我咾呵！　你也何時學會抹菜店媠媒〔酒家女人〕抹——粉——」

新娘未出轎，庭前就準備宴客，足足鬧到下午一點鐘，新娘牽入房，大人來到才開宴。

本日的賀客，除大人之外，皆是作田人〔農人〕，赤足、食檳榔，不足以和大人同桌，他的五間有打一張總舖，大人自然是在那總舖上賓主兩人對飲，但是，庭前的賀客也百外〔餘〕，有時也要出來陪陪賀客。

「得兄，恭喜，今你媳婦娶咯！　這百金也燒了。今你著食咯！」

「哈啊！　尚夠事事都著咱一人！　還是不曉三二呵！　咱這麼用心計較，也是憶著個，那不孝就不達〔不値得〕！」

「𡢃〔不會〕啦！　年還輕呢！　人講食一歲就學一歲。」

「延遷到過罩〔過了中午〕，對不起大家！　本我想明日才卜來請酒，想講保正個都也同日請酒。」

「好！　會做得，這款都好勢，噢啊！　卜講到古早〔以前〕，三日暗才出廳，你不想呢？　屯踏三日，看著加花貴幾多錢？　能省得就好，也不是咱先設例，不景氣的今日，事事會省者攏嗎著省〔能省則省〕。」

也因是太熱吧！　賀客未曾食酒大家皷著笠仔，如加淡萏〔愈加坦然〕，技術化起來，唱歌起來，踏舞起來足可以代用做戲看，酒飲了半醉，食了半宴，就脫衣啦、獻胸〔赤膊〕啦、不客氣地露出作田人的本相了。

——厝內設宴食酒婚桌——

外面的賀客大醉講酒話，厝內設宴食酒婚桌講好話，折烏巾，新娘子婿相向，子婿對新娘頭上的烏巾折起來，那瞬間！　兩人雖然性還未大發達，但是，人生到十六歲，也非全不曉，二人皆羞澀澀，不敢擡頭起來，子婿面帶紅折了以目尾〔眼角〕偷看一眼，室內是暗暗，只點一技〔一支〕微微的油燈，可是，子婿在前，新娘在後角，藉著外面射對〔向〕窗門入來的微光，也看不得詳細！　舊式的結婚——不，可說娶媳婦爲妥當——就是如此，好、呆〔歹〕，是個人的命，媒妁之言、父母之命，但是雖講由天由命，那末，既是有靈感的動物，豈沒有些點兒的感覺嗎？　那一對囝仔夫妻，雖年紀還輕，那末，如此情境自然能夠發生性的感動起來吧！

——拔鐵釵——

新郎對新娘頭上插的鐵釵，小〔稍〕拔一下，再而插下去，這時候，鐵釵點著神經，那瞬間她底全身的神經，如感電般地足能引起性的衝動來！　這是最初肉的接觸的工作，推下包、食酒婚桌，子婿敬新娘的酒，新娘敬新郎，食鷄屐快好額〔富裕〕，牽新娘猪羔姆，折鷄肉糸薦新娘嘴。

「食魚尾叉快做乾家〔新娘對夫毋的稱謂，即婆婆〕……」小三仔嫂在傍邊，聽猪羔姆做巧，答四句，禁不住地大笑起來。

「賢〔行〕、賢」小三仔嫂呵咾〔稱讚〕猪羔姆。

「是你賢，不是我賢！」猪羔姆聽見小三仔嫂呵咾她，二人答訕起來了，一個呵咾來，一個呵咾去，猪羔姆在做巧的時候，看著新娘雖幼，尙夠驕頭！偷向著小三仔嫂說：「今晚上不知道能夠……」小三仔嫂同感，確有影驕頭，她做這起親成〔親事〕，她是氣、痛、忍！她被罵著難聽呵！自去提婚仔起，次次頻有看見她就罵，求婚足足行有半年久，被她罵去差不多有三青桶、五船載，其實是還未十分成熟，不然她應談著對我叫多謝才合適啦，「老妯娌！是不是？嗳唷！你攏講講那三八話，哈哈哈……」

得嫂在總舖間，聽著這個消息，講新娘太驕頭，她很煩惱，「錢銀開若干，夫妻獪〔不會〕和順卜怎樣！」廳堂神佛歸間〔滿滿一間都是〕，一桌頂滿滿是，八王爺、李王爺、夫人媽、媽祖婆、元帥公、太子爺，得嫂身在總舖間，心神不時都是暗暗祈禱著：「衆神明著有靈有聖〔顯赫〕，保佑我子媳婦，會得和和順順相相好好，我敬你才達〔才值得〕！」

得兄他恐對大粿的失禮，不時都守五間陪大人，他那裏知這事情？　他的老牽手得嫂，看都不見她的老猴得兄面，她心起不安，也顧不得是大人的面前，來到，從〔將〕得兄緊緊扭出去了，得嫂自頭至尾一五一十說了。

「哈啊！　眞正婦人之見！　日未暗呢！　煩惱那個沒有空！」

得兄不理她，反頭入來，對大人回失陪：

「失禮失禮，臺灣的婦人，太無禮，入來不免〔沒有〕問大人！　不打緊，惶惶忙忙扭你出去，害我心肝頭忐一大忑，得罪得罪，望大粿的莫怪就是，來來，再來飲。」

這時候大粿的也有醉意了，門口也結果了。

——過午三點鐘——

筵罷，日還是熱烘烘，於炎日之下，新郎雙手奉著櫨籃檳榔立於庭中請檳榔說多謝。

賀客散將盡，大人也要回去，在戴帽結劍之時，得兄說：「大粿的，請慢一點，我叫新娘出來請你煙，現在那親像定例了。」　大粿的頻那去食新娘酒，新娘攏要出來請煙，新娘尙夠細漢，一領〔件〕紅襖穿獪離，羞澀澀地行到大人面前，猪羔姆先出聲說：「請大人食煙噢！」　大粿的看一見大笑起來向新娘問說：「你今年幾歳カ、アーマダ囝仔ギャ？」

賀客散了，天也一刻一刻涼起來了，小三仔嫂手鼓著檳榔葉扉在庭中布帆之下，和二三個年紀不相似下的婦人們納涼，她的義盡了，媒人只保入房，她紅包雖然未拿，但是，新娘入門就算了，小三仔嫂得意揚揚，大吹法螺〔大肆吹牛〕，自己宣傳自己，大廣告她的媒人術。

「誰說聘金多!?聘金多，嫁粧成多，結局無差，雖講近來聘金高，如果論眞起來，如昔日同樣，三十年前，二十四聘，三十二聘，這是普通價。但是，在那個時候聘金小〔少〕，嫁粧也因之不成物，恁想看呢！古早媠媒人工一日才賺有五十錢呆錢仔鄙〔比喻錢很少〕，現時女工三角外〔餘〕，加幾倍？　聘金三五百銀不是貴呵！　人是三不等，有人講短，人講：『有！人成〔寵〕子；無！人賣子。』親像海口角勢，聘金——價錢——講定著，未曾未，也敢去討去提！　那像賑項一般，媒人要有知、觀、見、識，女家貧者，對男家加提聘金是不打緊，先對男家品〔說明〕，聘金女家是卜白收〔不會白拿〕，若要鬧熱、體面，男家要作來打，兩方明品〔講清楚〕，過后是無長短脚話〔無後話，即不後悔〕，娶美娶醜，是伊各人的命，嫁著富、嫁著貧，是她的落土時〔出生就註定〕，媠媒囝仔上轎十八變，有人好變歹，也有歹變好，能夠配合得好者，是他倆的福，那常常不能如意，眞正是人講：『一好合一獃，沒有一對好的做陣排〔配在一起〕！』有時配得一對很妙，可惜！三日暗無清氣相啦，無婚合啦其實非是我不曉配合，攏都是爲著三日暗不好咯，無婚合咯，好！　歹！　是個各人的落土時〔命運〕吧！」

「也因是得兄的福氣吧！　這起親成，本我是卜提去區長個厝〔做與區長〕，無疑誤會與得兄結親！」

是去年的一個嚴冬——飲酒天，天氣足冷，日將罩了，還是冷得難堪，不驚寒不驚熱的農夫們，除了製糖會社甘蔗採收班之外，都沒有人愿出門去，可是！　路上全沒有行人。小三仔嫂親像有帶什麼重大的使命，行夠嘴喊喊叫，下斗〔下巴〕接接放，她有大百錢〔大把錢〕，怎有懼怕什麼寒天！　小三仔嫂來到目的地，險被凍倒半路，來到牙齒差不多要硬起來了，正好午飯煮熟，飲了一口泔〔糜湯〕，才講起話來。

「噯唷！　小三仔嫂！　汝何可〔何苦〕這麼寒冷的天氣也出門？」

「噯唷！　我爲著卜報你個好消息！　那張婚仔、我提去區長個厝〔他家〕，經過二日都好，噯唷！　至第三天什麼一隻鷄仔子〔小雞〕跌落碗缸去死去，連尾手我提去得兄個厝，三日暗經過很清氣相，合婚也足成〔十分〕好，會得和得兄結親成〔結成親戚〕，也是恁前世好積德，恁媠媒子〔女兒〕嫁著那個夫婿，也是她前世有燒香點好燭……

……」

媒人嘴抹灼淚，她將人家的婚仔提去東提去西，李家不合，吳家去，無視的人格〔

不惜他人人格〕，無尊重人的資格，從〔將〕人的婚事準做〔當做〕她的商品，她不時身上婚仔幾十張，小三仔嫂雖然不識字，但是，她有變步〔權變之法〕，她做暗號，或捻角，或窩空〔挖孔〕，或摺橫，或摺直，婚仔一接過手，不至成事，是斷然沒有放他干休。

「我媠媒子，也不是恐驚嫁沒有人，何可拿去五路移〔四處散發之意〕！」

「噯唷！得兄據實不輸區長呵！他常出入衙門，大夥的是他的知交，聘金也得確會送多多！總是，恁也大家有空對有空，就是嫁粧，恁也著大大成才會用得，不好的我斷然不敢爲汝主意啦！就是履破〔走破〕三雙鐵草鞋，也是難得覓有這號！囝仔班是非常好，也無睹，很有大細〔分寸〕，人又朴實，眞是個新發財，雖年紀還輕，很肯去呵，磨夠沒有暝沒有日！」

小三仔嫂說夠天花亂墜、津津有味，就是個柴〔木頭〕做的，也被她弄顯〔喻弄成眞的〕起來！莫怪小三仔嫂賺錢，衆人傾耳而聽，個個都稱讚。

做！未是難！求親才算艱計〔困難〕呵！你看，有人要早娶，有人錢關難得好勢要慢些，如得兄佪這層〔這樁〕我足足求差不多半年久，起初託言說：

「尙幼呢！不可！」

「未返大人！」

「半項還不知影，就是男子也是細漢！」

「不相干〔不要緊〕，就是做兄妹相合睏，豈有什麼事。」

我是有嘴辯夠〔到〕無涎，不過我接行，尾手〔後來〕才應允，不才有今日，噯唷！眞正媒人嘴抹灼淚。」一哈哈大笑起來。

日將暮，得兄賀客接待了，又要準備進地府了，進到陰府去買命，他不但善諂媚陽間的大人，連陰間的官府，也交陪陪起來，元帥做主、法士引導，一殿進了過一殿，沿路行，沿路買路過，什麼草埔大路行過了咯，烏虎林內再行程咯，烏虎掠二邊咯，元帥雙手獻紙錢咯！　元帥什麼愛賞花咯，過奈何橋咯，儼然親像做佛仔戲，把戲做到一半瞑。

大地是寂靜起來了，得兄庭前也消燈了，但是，洞房裏那盞微微的燈火伴著囝仔夫妻照著，得兄娶媳婦也算過去了，但是那對囝仔夫妻的好事還掛在心頭！

可是，得嫂也很煩惱，對著他的兒子千叮嚀萬囑咐說：

「戇子！　你著會曉得！　咱錢開去若干，像脫鞋著斟酌，衣卜脫也須小心……」

洞房花燭夜的笑話，洞房的美談，她自新娘入門，看見新娘驕頭，她很煩惱，得嫂對於洞房的造巧，叮嚀伊的兒子小心。

我衣凹你衣，我那叫，你著頭挑挑〔抬頭貌〕。

我褲凹你褲，我那叫，你著應乎，

我鞋凹你鞋，我那叫，你著頭犂犂〔低頭貌〕。
夫妻得和順嗎？
此去會落家教嗎？
曉得有孝嗎？
媒人，紅包雖未拿，但是，她是沒有責任了。
好？　歹？　是頻〔端看〕得兄的運命呵了。

——本篇原載《臺灣文藝》二卷十號，一九三五年九月廿四日出版

王爺豬

G保甲會館裏面，排著重重疊疊的長椅，靠近講臺的兩旁共排了四塊的小桌子，可容八人坐，這八個座位，大約是要優待保正伯吧。

啊！保正伯果然比甲長兄有較高一級，階級是要分得眞！

小使捧了一個大大的茶桶出來，置在會場的一角，又再去捧一個茶盤出來，便慇慇懃懃一杯一杯奉敬那八個保正伯，甲長兄呢？他們是保正的手下，又是粗夫俗子居多，怎能夠和保正伯同等待遇呢！若是嘴乾，各人須自己去飲那茶桶的公共茶。

我接過小使所捧的茶在手裏，一邊飲著，目睭（眼睛）的視線看來看去，不意中射到S大人的宿舍來。

哼！看見S大人宿舍的簷前，橫著幾竿竹杆，吊了差不多成百串的香腸在曝日著，我想了好久，才記得前次會議的時，有看見S大人買豬腸仔來吹風。

唉！原來就是準備著灌香腸！哈哈哈。

舊曆十月，那就是我們HPT地方奉請王爺公的期日，王爺公（註一）是合境的守護神，在這地方所有善男子善女人，沒有一個無信奉王爺公，你是無信奉王爺公的囝仔，膾得（不會）長大成人。但王爺公只有一尊金身，所守護的地方又這樣廣闊，所以他的金身不能常常鎭在一地方，各處輪流迎請，每五年纔能輪値一次。今年恰是HPT地方値年。順這機會，凡這五年來各口各灶，因爲厝內人口的無平安，或是豬仔膾食泔（餿水），所許下的善願，總要在這時酬答神恩。因有這緣故，家家戶戶，自三年前二年後就準備著要敬王爺的豬了，到了那時候，沒有分別是富戶也是（或是）散家（貧戶），大小無論，一戶若準做刣一隻（若是宰一隻），一口灶（一戶人家）送做一斤重，噢啊！呆算（不好算），怎驚（怎怕）沒有香腸！……

註一：王爺公，或稱千歲爺、府千歲，係祀人魂鬼魄，漢代及唐代的忠臣烈士三百多人的靈魂，通通叫做王爺。係以每個土頭鐵身或木頭竹骨之神像爲祀。除民間信奉爲治病、除災驅害之神外，巫覡祀之爲其祭神，每於驅邪祭煞，則請其下降顯靈。此外，工人船夫等亦祀之爲其守護神。往昔王爺之祭祀尤盛，稱「王醮」，設壇祈願，息災植福，俗說「三年一醮」，蓋本身昔日瘟疫猖獗，而祀王爺爲惡疫之神，稱「瘟王」，足見其信仰之一斑。請參閱《臺灣民俗》（吳瀛濤著，古亭書屋）中的〈王爺〉一節。

因爲開會時間未到，我一邊飲著茶，一邊根究那香腸的來歷，不由得回想起前回保甲會議的實況來。

議長席上的L聯合會長，移動那笨肥的大軀體，展起那威武的笑容，發了那不像聲的話，旁若無人地，不知道由何處跟何人學習來的那句套語，凡會議不加不減（不多不少），他總是流著那句：

「大家有什麼協議的事項無？」

講罷，必定由甲長席中有一個應答一句：

「打算是無啦！若有，人就起來講咯。」

他聽見講沒有協議事項，就再立起來說：

「若無？對火災豫防，要怎樣來設法？……」

但是這句口頭禪，不知道重複過好幾遍了，怎有再協議的必要呢？無過是L聯合會長親姆婆苦無話好講而已。保甲會議是千篇一律，大人的訓示是違犯罰金。若是沒有新的提議，當然議長要退席了，讓S大人登壇訓示，他面像太兇，又兼帶著劍，其中在打盹的甲長兄，也緊張起來了，他也有體有禮對衆保甲役員擲了一下頭說：

「嘤！再無幾日，這地方要請王爺了，王爺猪不知道有幾許？你們所有要刣的猪羊，保正要豫先調查詳細來報告，知影（知道）嗎？際此經濟大國難（疑爲「經濟大困難」）

，若是可以儉起來的著要儉，可省著要省，猪減剖些，金紙減燒些，將這沒有意義的費用節省起來，來國防獻金，你們的名聲，你敢知〔你可知道〕？一時能夠驚動全臺，我很希望有這款的人出現！」

衆保甲役員聽著S大人要克歛王爺的費用，大驚失色，如果S大人強要主張起來，如何是好呢！這時候，個個都很緊張，眉都蹙著，都現出憂愁面容，要聽S大人的末後那句：

「總之，大家要想想看，我却也不是絕對叫你們，不可敬王爺啦，猪羊若是不得不著剖者，偷剖是絕對不可！本官當日要到各口灶去搜呵！那被我搜著是要罰金……」

S大人講著罰金二字，他特別大聲，但是衆人聽著，先前的憂慮，都隨著眉毛的舒展消散去，他接下又說：

「有一層〔一椿〕要特別對你們注意，保正甲長反倒比較人民更不聽嘴〔聽話〕，你們要想想看呢？我是官呵！你們是民呵！公私要著分明，公是公，私是私，事事我有尊重你們的人格，那末你們不知自省，反倒亂來，親像A甲長的籬仔，趕千遍萬遍，他也不去修理，K保正個某（妻），他的雞稠〔雞舍〕穢祟〔污穢〕得足〔十分〕難見，叫他撤起來，她就講三講二，唸東唸西：『沒有飼雞，大人來那有雞可剖？』」

「嗄！眞氣死人呵！一甌〔碗〕米粉請人就這麼揚氣，米粉請我是私，公私混淆是做不得……大家要知影！」

S大人講罷，那保正甲長個個都是靜靜坐著，都像在煩惱著，但是，煩惱也沒有用處。

「大人，請你那日著要來去咱庄裏檢印，無！路頭那樣遠，太不便。」

停了好久，由甲長席中，一個較靈精的起來懇求著。

「去你們庄裏檢印也是好啦，總是你們要知影，這不是應該……」

S大人那講那笑（邊說邊笑），他先前威嚴的容貌消散去，到這時候纔露出了笑容，他那笑的奧妙，眞有値得衆人研究的必要。至此保甲會議也就閉幕了，保正甲長各散去了，由保甲會議趕著歸途的甲長兄們，那行那談論（邊走邊談論）著S大人的那句話——「去檢印不是應該，著知影，哈哈哈！」「哈哈！是了是了。」

請王爺公的日到了，這日在午前四點左右就有聽見鑼鼓聲響了。我忐忑醒來，由遠遠聽著悲慘的哀鳴，使得我底心兒也憂悶得很！望了再望，五年一度的請王爺，應應該該是無限的歡喜快樂，因何反得愁悶？然而任你怎樣想，精神都是被那自然的戰勝過去。

猪的慘嗶，羊的哀鳴，更不絕耳，整個的庄裏，都被哀慘聲音充塞著了，將死的王爺猪，已經被綑縛在各人的庭前了，保正伯三副，甲長兄二副、或一副，或刣猪、或刣羊，乞食叔也刣猪，圭屎哥也刣猪，就是年間著受庄役場救助的P伯也都有刣猪呵！

唉！王爺公啊！你有看見嗎？有聽見嗎？如果你是有聽見這弱者，無力可以抵抗的悲鳴，你的心也忍得過嗎？

人叫你臭耳人（耳聾）王爺，你當眞耳孔無聽見嗎？聲聲叫著苦，聲聲哭著苦，這戇大猪，也像曉得死日將到了，那麼萬人稱呼你是王爺，豈沒有點慈悲的心嗎？

九點鐘左右，S大人到來了，一隻一隻的王爺猪，扛到堀仔邊去，堀的周圍的灶堀或向東，或向西，此一孔，彼一堀，爲著刣王爺猪，竟然無顧到前日爲著衛生課長來光顧時所修整的池堀，仍然凸凹不齊了，池邊又是孔孔堀堀了，用土黐糊過的堀岸，拔倒虱母（跌倒木虱，比喻魚池邊滑溜溜的）的魚池邊，光光滑滑的堀裏面，又被破壞去了。臨時屠場，火煙四起，竹箍聲，汲水聲，王爺猪的哭聲，刣猪人的呼喊聲，併做了一回屠場的交響樂。

約略過了二、三點鐘，王爺猪也刣好了，王爺也入境了，庄衆集齊到壇前來了，壇杜糊了一對聯，寫著：

天泰地泰三陽開泰　神安人安合境平安

這個小小的村庄，請王爺公，同時也請媽祖婆，大轎二頂、旗對、鑼鼓陣，但是整個庄，發了總動員令也是脚手不足！

爐主（註一）頭家（亦是祭事的負責人）眞是忙個不了，點轎班啦，開發旗對、鑼鼓陣啦，整個庄如臨大敵。

是十月的天候，風強得很，壇又建在當風孔的所在，所以要結堅固些，不然灼（燭）雖點起來也是不能著火，今晚上，整個庄的弟子善男信女，攏總（全部）是要來燒金，拜媽祖，拜王爺，結壇（廟普當日廟庭設祭壇，稱「結壇」）。就要特別設計，用心考慮的結果，搭起來就是如此。壇的北面要遮風，特別用了楝柱，再圍著一重田菁，奉祀神位的所在用車屏，却也有些清氣相（清淨的樣子），不過車土車糞的舊車屏，也是免不了還染有些屎尿的餘味！兩傍只用破蕃黍（玉米）葥遮著，頂面的布帆可惜因爲太老，自王爺未入壇，已經被那無情的風，吹破了許多裂。香座上另舖著要一片棚板，媽祖二仙，王爺一位，當境的元帥一尊，香爐是暫時借土地公的，灼臺是特製的，芭蕉欉，切成尺來長一節，須用多少盡有多少，足（十分）理想無比，案桌上沙舖有些寸外厚用以防止火氣。

註一：爐主：迎神賽會中每年選出的祭祀擔當者，叫做「爐主」。爲籌備廟普費用，爐主得派人按戶募捐，俗謂「捐題緣金」，不足額者歸爐主負擔；祭祀時概由爐主主祭，主祭的次序，可參閱吳瀛濤的《臺灣民俗》的〈祭祖〉一節。爐主的選出是於祭祖終後，以擲筶獲最高點者或以抽籤的方式來決定，當選者咸認爲是名譽。

壇內已經燒香點灼了，王爺猪也擁總扛到壇前來了，所有要敬王爺的物品也一齊排在境前了，衆弟子手拿著香，跪在案前，因爲人太多，一直連到壇前去，代表格（具有代表資格者）的佛仔保正和王爺公談起話來，跪在案前的衆弟子，除起有老練的佛仔保正而外，差不多個個都叫脚痺了，P伯忍不得痛，先把脚屈起來，圭屎哥照樣也屈著，隨後各人都學起樣來，現在沒有一個跪著了，不僅如此，有的食檳榔，有的食煙起來了，一手拿三柱香，一拿煙吹屈坐案前的P伯，突然了起了咳龜（氣喘），正叔受到傳染也在啞咳啞咳，倒叔像是怕被他兩人占了便宜，也有啞咳啞咳，塞滿壇前的衆弟子，已忘記是在祈禱了。

經過了初獻禮、亞獻禮、三獻禮之後，佛仔保正就起來擲筶，據說「王爺公嫌大家禮較薄」，聽了這句話衆信士恐慌了，「求！保正！求啊！」大家呼喊著，於是佛仔保正就再點了三條香在手，恭恭敬敬地再跪落王爺面前代表衆人又祈求著。

「今年年冬太呆（年歲太壞），有五穀賣無錢，猪又遭瘟，所以沒有大猪可以刣來敬汝王爺，總是王爺公汝也都疊疊（常常）會到，寅—午—戌是汝應饗的年齡，今年庚午明年辛未—壬甲—癸酉甲戌—到甲戌年糊塗蟲等，當準備著大大隻的猪公來敬汝王爺公，可以補貼今年的不足，請汝歡歡喜喜鑒納，鑒納大家這一點心，保庇糊塗蟲等，脚健——手健——富貴長命。」

整個庄的弟子這時候大家都端端正正跪在壇口，等王爺公鑒納過的啓示——聖筶（註三）。出其不意，攻其不備，S大人猪檢印的，應該是歸去了的，這時忽然又同夫乳脚瓦部長，引率一隊應援的部隊來了，由庄頭起開始大搜查，太厲害，各人帶有他們特別爲要搜查而考案的鈎仔，他們的搜查法若提出論文，這搜查偷刣猪博士定必通過！一入灶脚將鈎子向鼎裏鈎來鈎去，如有發見著猪毛或羊毛，就是偷刣的被疑者了，早上歡天喜地的善男信女，現在呼天喊地了，除起在壇口跪求著王爺的弟子而外，個個都是驚惶失措！P姆平素很怕大人，她只聽著大人來搜查的話，就脚浮手失了，她目睭又失明，P伯又是在壇口未回來，可憐她在內面，只是叫天叫地，P伯的厝又破壞得厝不成厝。壁是內透外，厝頂又是見天窗，可憐的P姆，也做了被疑者的一個了，一串十數人被召到衙門去了。在壇前發好願的弟子們得著這消息，不管王爺公有聖筶，也是陰筶（註四），各人搬著各人所獻的鹽包啦、米包啦、粟包啦、蕃薯簽包啦、土豆包啦，搬起就走，車（載運）王爺猪且留在後，金紙許多車，在壇前任它去燒，先回到厝裏看看要緊。

註三：聖筶：擲筶於地，一陽一陰爲聖筶，俗稱「卜有筶」者，係神明許諾的表示。

註四：陰筶：擲筶於地，兩陰爲「怒筶」，係表示神明的怒斥，喻凶多吉少。

這一下騷動，像只加添了一番鬧熱，在這騷動中，戲起鼓〔開演〕了，村中的男大女幼，紅紅綠綠，一來一往，眞有個歡樂的景象、平安的氣概了。

戲棚前那做小生意的，親密地招呼顧客的喊聲，變把戲的小鑼聲，賣藥的手提琴聲，人的呼喚聲，兒童啼笑聲，壇口燃放爆竹聲，狗的驚吠聲，祈禱的擲筶聲，嘻嘻嘩嘩不明白是什麼聲，所有的歡願，所有的善願，所有的酬答，一切都淹在這聲浪的座下。

S大人這回算是得著很好的收穫，但是他能夠得著這款的成績，也是因爲他發明了那枝鈎仔。

小食的㤓百姓們，想脫稅的呆人們，一一落網了。

可憐的P伯，他因爲早上偷刣一隻羊仔拜天公，爲著P姆小膽，竟然被發覺。想要省些稅金來加買些金紙，反轉受著加倍的罰金。

——本篇原載《臺灣新文學》第一卷第三號，一九三六年四月一日出版

無錢打和尚

那是一齣農村的趣劇。

一天夏日將暮的時候，不知從那兒來了個和尚，叮叮叮地打著鈴兒，嘴裏又喃喃地唸著些什麼經，在鄉庄裏一家一家地化捐著。

日是一刻刻地暗來了。但是罕得看見和尚的小孩子，像好奇心還不滿足似的，還是一家跟過一家，把那個和尚圍著不肯放鬆。

「叮，叮叮叮……」

「喃，喃，南無阿彌陀佛喃喃……」

「給我走開！」

一群小孩子正看和尚看得入神，忽然聽見殷雷般的喝聲，同時一個壯漢已從背後，用力推開孩子竄進來啦。

「唉喲！⋯⋯⋯」

大家回頭一看，不覺嚇了一跳。那個漢子手拿著根棍仔，臉兇兇地一跑到，扯住那孱弱的和尚，便一連打了好幾下，才氣忿忿地說：

「哼！我等候你久啦；我，我已窮得難堪了。錢，錢來錢來，快點拿來給我吧！」

「阿彌陀佛！」

和尚平白地橫受了這種禍難，又不知道他的底細，眞是無法可施。只有忍著痛，拱拱手說聲「阿彌陀佛」。

「錢來錢來，快！」漢子要錢更加要得緊。

「阿彌陀佛！」

「媽的，誰還管你媽的烏核白核〔核之土音讀佛〕錢來錢來，不快一點麼？哼，看老子來打死你這狗禿！」

可憐的和尚被他打的遍身是傷，還不明白究竟爲的什麼事情？心裏眞有點焦灼起來了。

「內中必有緣故吧？」他這樣一想，只得吞下眼淚問那漢子道：

「施主，請息息怒吧，貴府在那兒，咱就同到府上相量相量去？」

「可以，那也是可以的。」

自從他父親死後，那漢子就堅守著他老人家的遺訓經營一家，無奈命蹇時乖，萬事都不能如意；一年窮似一年，到現在他父親留下來的一些業產，也已儘量典賣空了。

原來他的父親是個很能幹的理財家，並且是個極肯「爲後輩打算」的老人；他將離開這世間的時，還是致意於他的兒子——怕他自己死後，兒子不能理家。

「我已經是不久於人世啦，此去就得讓你替我擔當起這家事；但是——聽著呀！錢，錢是萬能的……」

他臨終的時候，是這麼叮嚀地囑咐他的兒子。還牽著他兒子的手，好像就要和他作最後的訣別似的繼續訓話：「你須牢牢記住呀，作墻是攤土不可攤草，要好就菁棉豬，無錢即摃和尚，你，你須牢牢記住呀！」

講罷他就靜靜地永眠去了。

從他死後，他的兒子——即那個漢子，一些也不敢違背他先父的遺訓；田裏的草是絲毫也不敢去動牠，只是把草縫裏的土很小心地掘著。買了豬來又把牠活活的眼睛「卜」的打了出來。於是田是一日一日地荒蕪起來，以外如豢養豬仔的副業，也暫暫地缺損下去；這一來，經濟也就越發窘迫了。但他却還不想違背他先父那切切的遺訓，他想無錢還可以去摃和尚……

那個和尚一進他的家門，看見案上排著三尊七寶銅的和尚像，便明白過來了。

「哈哈，獃子——」不由得暗喜起來了。他吟味了那漢子對他說的話，一會兒，才像覺悟了什麼似的點點頭道：

「哈哈，你錯了，攤土，不可攤草，是要你在田裏未長出草兒的時候，就得常常去鋤攤牠，不可待草兒滋生了才去攤牠的。你說的『睛盲豬〔疑爲「菁棉豬」〕』原說的是栽菁種綿〔棉〕和養豬的意思，那都是作墻最有利的副業，不想倒給你猜錯了。還有，無錢損——」

那和尚，偷眼瞧一瞧桌上那三尊七寶銅製的佛像，突然又把話停下了。

「是嗎——」這才使那漢子像在暗夜裏亂走著的行人，得到燈光而突然驚醒過來一樣地醒悟了：「我是多麼獃喲！唉，該死，該，該……」

「唉！這算來也是命裏註定的吧。」和尚也不由得陪他唏噓了一會，然過轉過臉來，笑著對那漢子道：

「施主，你既不是佛門的人，留這三尊佛像，也沒甚用處，不如就讓我請回寺裏去奉祀，也好早晚替施主消災祈福，不是很好嗎？」

「好啊！偌大的業產都沒福消受了，留這三尊壞銅像何用？聽師父請去吧。」

那漢子竟連這最後的一註遺產也給與和尚去了。

四兩仔土

「土子！水螺〔汽笛〕響咯！趕快起來呵！」是在破曉製糖會社的汽笛響後，他底慈母爲著他好睏未醒，恐慢點去，赴不及起工時刻，在推叫著她底兒子起牀。

勤姆簽〔蕃薯簽〕煮熟了，但是，她底兒子未醒，土哥還在牀鼾鼾地做夢。勤姆一邊捧著飯斗，移動著她那破爛的纏足行而且叫著。

在破竹牀做著好夢的土哥，於眠夢中聽著她底母親那慈愛的聲音，土哥忐忑醒來了，果然時間不早了，土哥慌忙下牀，走出去到門口小解〔小便〕時，整個庄已經佈滿了苦力出發的聲息了。土哥那〔一邊〕攏〔穿〕著褲，趕緊返身走入內來了，也顧不得洗臉，拿了一雙筷子，捧了一個碗，盛了一碗簽湯，飲了一口，勤姆由破竹厨內捧一碗豆醬，摸，摸，摸到土哥面前放下。土哥嗜嗜哦哦〔吃喝發出的聲響〕，一連吃了二三碗簽湯。

「噁噁……」

土哥放下碗箸，走到門口，將口內之簽唾掉。在內面的勤姆聽著土哥「唾唾」的聲叫說：

「土子你很打損（浪費）五穀，眞不長進呵！」

「阿母！牛屎片呢！」

勤姆疑是唾臭香簽，在責罵著，可是，土哥何敢如是呢！一日賺人無三角銀的他，三頓尙顧不得臭香蕃簽，至於鹽餌呢！只有如鷄屎膏的豆醬而外，親像一片肉，或是一尾魚，一年間是罕罕沒有幾次！

土哥嗜嗜哦哦吃簽聲，和苦力出動聲、男工的粗暴聲、女工的溫柔兼帶有魔力的聲、囝仔的聲、鋤頭音、鎌仔音、苦力於這輕輕空空的聲息中一步一步趕著農場的道上跑了。

土哥急急如律令地吃了幾多碗，放下碗箸也跑了，已跑得不見人影了。

大家跑到昨日做未完工的蔗園來，土哥也追到了。衆人越頭（回頭）看見土哥追到，叫聲說：「你若再慢一點，就沒有工可做了。」土哥聽著只是「咳！咳！……」微微地笑著。

農場的苦力監督還未到。工人大家放下鋤頭，或坐鋤頭柄，或脚盤鋤頭柄，有喫煙的喫煙，食檳榔的食檳榔，衆苦力唏唏嘩嘩在園頭的岸上，心兒不斷地打動著：「到了到了」、「未來未來」在候著監督點工。大家說說笑笑，倒也很快樂。

「四兩仔土！你昨日打幾圓！」

有個莫思悶問土哥道。

「講！三角半啦！」

土哥不識字，他請教人講……是三角半。

「咱阿姊三角六，比咱姊顚倒（反而）減一點，嘻嘻……」

有個年約十三四的女子，在身邊帶有些親像（像是）俏皮的話意插嘴。

「眞正（眞是的），有生泡（泡，指卵泡，男性陰囊）輸無生泡！」

又一個插嘴。但是，土哥也不以為意，他只是「哈哈哈」笑著。他是很自足，不親像人家唸東唸西，監督打三角也好，打四角也好，土哥家裏雖然是散凶（貧窮），也不親像人家罵天怨地，不貪不取，算起來他是個善良民呢！土哥對他底老邁的母親又極順從，未曾有聽著講土哥忤逆著她的話，如此好品行，如是之好模範，若是富有資產，可有什麼寄附（捐獻），什麼獻金的話呢！他自然是個模範人物，也不知道褒獎過好幾次了。土哥的年紀也不為少了，但是，他還是個獨身者呵！今年已經五十又二了，不但是個獨身者，他還是爲著伊來世的老婆守著他底寶貴的童貞呢！土哥在農場每每聽著那醉人的淫詞，何嘗不生起慾火呢！又每每看見監督和女工做著好事時，何嘗不想著要計較一個老婆！無如他沒有可以養活一個老婆的能力，他之計劃也就終歸水泡了。

農場是野合之鄉，是監督和女工的歡樂場。容貌好點，工資自然能夠多點。他們的野合之巧妙，使尋常人所想像不到。

「阿笑！你可拿這張片單去陳棍崙脚交給秉狗仔樣（樣，日語，先生）。」

這就是計啦！秉狗仔樣先在陳棍崙脚待她了。阿笑一到，秉狗仔好空（有福）了。陳棍崙脚的蔗畑就成了他們的愛之巢了

蔗葉掃來做眠牀，
蔗草牽來做房門。

有時我爲你做媒，有時你爲我做媒，愛這個就這個。如此滿足他的獸慾，工課也可以寬點，又是工賃（工資）有加分。如是之故，土哥自然是輸沒有生泡的了。因爲她底好寶貝可以加賺啦！

土哥食到五十多歲，也不敢暗地偷討嬒媒，野和尙眞不如四兩仔土！他如是之好品行，設使在上不知，其近鄰豈不聞嗎？目今是錢做人，無錢是講無話，土哥雖然這麼好

品行，如是之好模範，受不得人家稱讚一聲還可以，唉！反要著受人家鄙相呢！

因爲土哥身材矮小，無斤兩〔沒份量〕，人家也就稱呼爲四兩仔土了。現在勿論男大女幼，攏總〔全部〕叫他四兩仔土，這也就是他的別號了。

土哥雖然有作田，但是，他的正業却是苦力，因爲他的耕作法和平常不同，他也並無飼牛，犂耙也沒有，脚車也沒有，牛車當然也是沒有了。肥糞運搬，人家是用車，土哥呢！他是用肩挑。他的年紀雖然那麼老了，但是，土哥至今未曾犂過犂，也未曾牽過車，凡五穀要落土，要用犂之時，都攏〔全〕是求人家幫忙，就是要收成的時亦是如此。他本性又樸實，又是沒有變竅〔機巧〕，家又是那麼散赤〔貧窮〕，耕種也是死守古板，現時粟價好，人家皆設法種稻，他呢！依然插蔗，種蕃薯，因爲種蕃薯，將蕃薯畦就可以插甘蔗，也免叫人家幫忙，土哥自己今日一株，明日二株，很適合土哥的性質，所致近來人家講蔗價賤，須著轉植其他五穀，然而土哥只有五分田地，他却年年都連續插甘蔗和製糖會社結主顧，知其不利，怎樣偏偏要插蔗？插蔗可有蔗葉重〔壓蓋屋頂〕厝，另有一層最大的原因者，放前貸金的時候，正好逢著地租期，獎勵金支拂期在戶稅，不但如此，過〔又〕可以特別貸付等等的特典〔好處〕，爲此，所以土哥喜插甘蔗，不但土哥，人人都是喜歡插的。

土哥之爲人勤又儉，農場有工做工，沒有工做時，土哥便挑土糞到田裏來，而後到附近的園裏去拾蕃薯，或是採山菜。

「四兩仔土今年好無（好嗎）！」

「唉！我想著眞害（眞糟糕）！」

有人問他，土哥必然吐個大氣應答這句話，但是，他口裏雖說著「眞害」，臉却還帶笑容，這不定是苦笑！

「甘蔗採收了就有錢水咯，怎樣講害？」

「厝頂見天窗，壁！內透外，厝強要（快要）倒落去，老母又老！簽又斷半條，衙門而接連著要扣錢，甘蔗採收了也是害！連一間厝好蓋頭都沒有！無落雨却不知艱苦，雨一下落，沒有一塊沒有漏！我想著眞害！」

土哥口雖是這樣講著，但是，他的臉却沒有些點兒的愁容，沒有些點兒不滿的樣子。他面講面笑著，使人家不能夠理解他之眞意在何？

土哥在幼年時候他底父親就去世了。雖然遺下二三甲土地在潭底，已經被人佔去了。土哥的父親勤先在世，是漢醫生兼種痘先（種痘師），是當地的上流紳士，勤先死後未幾，那潭底幾百甲之官有地拂下給了糖會社了，夾在中間散在之民有地，是他耕營上之癌，他也就伸了魔手想一併強制買收。臨時私設留置場（或是休憩所），擇日將散在其間之所有者召喚（或是請）奉，K廳長要完成他之美中不足，也親身駕臨，向著留置中之似是而非之犯人宣判說：「會社要買收你們的土地，你們要賣它，九則畑甲當百零五圓，十則六十五圓，池沼五十圓，原野十五圓。」如是，承諾者使之回家，不承諾者關到承諾，不使他回去。可憐的土哥所有的土地，從此也被人霸佔去了。賣三甲來買五分，土哥自此由上流降下中流了，現時，就連中流也無份了。土哥很不能守，畑也賣，厝也不能改築，他完全是一個落伍者！

到處都唱自力更生，部落振興計劃，美化部落，暗矇矇的厝內要改造，掛玻璃窗可以採光通風，使之家庭明朗，厝前厝後的林投脚、竹莿脚不使人們放屎了。用便所〔便所〕不慣的土哥，不得不著學放了。土哥也跟人家圖謀自力更生，盡部落民之義務，跟人家共作部落振興的工作。老衰的勤姆，又是不如前了，不能起牀了，土哥遡來又減少勤姆的幫忙，一日的三頓也要土哥自己炊了，不！勤姆的屎桶，也要土哥去清了，因之，土哥也就自然的減少去農場做苦力的時間。

土哥因為營養不良，面不時斷血色〔即臉時有菜色〕，勤姆也因目睭失明，行動不能自由，又想起他的家景，被人霸佔的、侵入的，她日夜想著就唸：

「汝眞不長進啊！厝地任人佔！唉！我想將來你這間破厝，恐驚也被人扛去呵！你爸爸遺下這些厝地，我看終歸也非你所能守！田又不能作，一日只賺人家三角半，我苦啊！」

土哥無言可答，任她老人家去唸。土哥這般的苦楚向誰訴！

「年又快到了，連五百銀紙都沒有可燒，我想也了然（枉然）！」

「阿母！不用唸啦，唸敢（難道）就會有是麼？」

土哥被唸不過，這樣講著，以安慰她老人家，並可自己說說個出氣。這般蕭條的家境，她老人家又是那麼吵唸，但是，土哥糸毛（絲毫）都沒有怨言，也未曾呆聲（惡言）吵一句。唉！可惜土哥出世不著時（時機不對），若生出著時，足可列於二十五孝！

再後兩日算是年到了，東家也炊粿（蒸年糕），西家也炊粿了，富人家廿四五（農曆十二月廿四、五日）炊，散凶家廿九三十（農曆十二月廿九、三十日）炊，囝仔歡喜得手舞脚跳，待著新年的新衣穿了，出外去賺食（幹活）的人們也陸續回歸來了，收賬的店員來來往往，一個出去接後又來一個，沒有錢可以還債的散凶人逃來逃去，而不敢回家了。

勤姆和她底兒子土哥，煩惱著年關難過。母子正在苦悶著，煩惱著，土哥抬頭起來，忽見一個穿國防色（卡其布）洋服的庄史匆匆而來，倒吃了一大驚：「我並沒有稅金未納，豈有……」

「四兩仔土，明日可到役場來，有要補助你，可是，印仔要帶來。」

那個穿國防色的庄吏，走到土哥面前這樣說著。這是今年役場主唱的同情週（救濟週）間，對庄內配付了不少的同情袋，募集同情金來援助庄內的赤貧者，以資過個好年！

土哥也是受同情的一個人啦，他聽著這個好消息，親像得著甜露般地向著來人叩頭：

「好好，明仔早起乎？」

那個庄吏一邊踏著自轉車，一邊答著：「是啦。」一生未曾受過人家補助的土哥，一時得著這個好消息，喜不自勝，雀躍般地跑出跑入，晚餐吞不得落去了（吃不下去），夜不成眠了。一更無睏（睡不著），二更無眠，四更過了才合了眼些時，已是五更鷄報曉了。土哥起來煮了飯，隨便吃一碗仔便跑到役場來了。無奈他來得過早，役場的大門還是關著，土哥蹲在門邊等候開門。是十二月廿九早，大家忙著準備過年，來來往往的買賣人，自天折霞（天剛發白）就佔滿市場了。碰一聲，門一開，竝（奇）在門扇打盹的土哥孔脚蹺（台語，翻斛斗）倒落去了。

「嗳唷！」

土哥爬起來，作速拿起印仔說：「要來領錢。」

「什麼錢？」

小使起來開門打掃，撞醒土哥。「哈啊？」

「要領補助金是嗎？」

小使打量土哥一番，看他衣裳襤褸，料知過半，又說：

「時間過早，八點過才來。」

土哥跑出役場來了。在大橋上，無精打采地呆望著泰記內的無線電嚷著：一—二—三—四—ラジオ（收音機）體操的號令。

東方日出了，買賣的人們陣陣到了，要來領補助金的人們也齊到了，登廳的時刻也到了，開始交發了。土哥匆匆由外口入來，看見有人領錢出來，緊緊一手拿印仔，穿過人縫走入內面去了。

「我四兩仔土，印仔啦。」

「馬鹿（日人斥罵之語，混蛋）！去外口等。」

他想自己很早就到，如何不對他頭先發？想要先領，反受罵。今日人太多，土哥又待了多時，並沒有聽見叫著自己名字。土哥一直待至日近午了，想要再去問又恐再被罵。想想：如此，寧可返來去（回家）煮熟（煮飯）再來吧。至土哥的厝，臺灣里有四里足。為著勤姆目睭失明，現在又病倒在牀，土哥因恐過午，勤姆饑餓，不管三七二十一，一溜煙跑回家去了。

為著領些補助金，可憐的土哥足足損去半日工，來往跑了四回，到底土哥領幾多？現金二圓半、白米一斗、舊衣一領，但是，土哥可以過個好年了。

必必卜卜……家家戶戶在鬧著辭年了，門聯也換新了，施施沙沙的新紅箋，紅炎奪目，眞有個新氣象了。土哥想要過個好年，買了一副春聯，五張紅箋，一生未曾用過春聯的土哥，倒將橫披要糊在門柱，至於大小當然是無分。可惜土哥的厝太破了，欹欹倒倒，壁攏用肥料袋遮的，廳門柱也灰落了，任糊不粘了，連紅箋也粘不著了。雖然如此，土哥也可以算過個好年了，過了好年之後的土哥，仍然在苦悶：「我想著很害！」

是一日過午的雨天，天氣還很寒冷，手舉一枝破傘，一手拿了一把蔗尾，氣憤憤的，走到該管的甘蔗委員處來。走到，衣服有些濕了，手抖抖的，嘴唇顫顫地告訴道：「你看呢！如此損毀我啦，每日蔗尾損，甘蔗毀，我的土地也非不是免納稅，你看有理嗎？」

土哥話講未了，出口到門口唾唾痰又入來：

「我的物遂項（每項）都毀，總總都是彼家伏（疑是「家伙」之誤），我想著很害！」

「好啦好啦，我當爲你設法。爲你設法就是啦。」

土哥和委員談了幾句，雨猶仍然霏霏落著，土哥一溜煙又走回去了。

「土哥，你租未納，趕緊趕緊，全庄只伸（剩）你一人未納而已。」

土哥走入門時，保正正來督促他去納租稅。

好啦，我提單。

「庄吏已不在我家了，候你好久，不知你那裏去，他已去六保了，你趕快去，大約還在六保也不一定，若是他回去，你要走去役場（公所）完納才行。這有關我庄成績——」

保正再三叮嚀了後，也就回去了。土哥不停刻向著六保跑了，走到保正宅前，那庄吏方牽著自轉車要走。

「咳！咳！險險差一大點，就來不及！」

土哥面喘息，面講著。

「哈啊！四兩仔土，你要納租是嗎？單提起來。」

土哥拿租單給庄吏，雙手抖抖地，一結一結解開脚巾，他的脚巾是一結縛銀票，一結縛銀角。他一邊解，一邊算銀票。

「這二張恁的，再還恁。」

土哥手拿著二張半舊落（半新半舊）的票說著。這銀票，就是土哥在同情週間所領的同情金，過年他用了五角，伸的（剩下的）二圓銀，被他用脚巾縛了一個多月，至二月二十日他的刑期滿了，又可以再做第三號金庫之珍客了。

——本篇原載《臺灣新文學》第一卷第八號，一九三六年九月十九日出版

北港地帶的代表人物——蔡秋桐

黃武忠

在「臺灣新文學運動」的狂流中，北港地帶有一羣文藝作家，形成一個小集團，這個小集團以《曉鐘》雜誌爲核心，而《曉鐘》雜誌社的總部設在蔡秋桐的家裏，因此蔡秋桐的家，形成北港地帶作家的聯絡處，雖然《曉鐘》雜誌僅發行三期即告停刊，但蔡秋桐以當時的身分地位，以及作品的成就，都足以成爲北港地帶的代表人物。

蔡秋桐，筆名愁洞、匡人也、秋洞、秋闊、蔡落葉等，民前十二年（一九〇〇年）四月十八日（農曆）生，雲林縣元長鄉五塊村人。先入私塾讀漢文，當時約七、八歲。因爲是鄉下地區，其私塾是私人自己先收好學生，而後再請先生來教，因此必須有錢有場所才能請教書先生，沒錢沒地方便無法開班，於是唸書時斷斷續續，讀讀停停，有時讀一年就停好久。直到十六歲才入元長公學校就讀，也在這個時候接受日本教育。

在公學校幾年中，學會了日文，並以日文在當時刊行的《子供世界》發表作品，同時也常在《子供世界》看到楊雲萍的漢文作品。因爲入學較晚，在公學校的同學中，蔡秋桐的年紀較大，也比較懂得讀書，並對寫作發生興趣。

公學校畢業後，要讀高等科必須到北港，離元長鄉五塊村很遠，所以沒再繼續就學，當時他已二十二歲。村子裏讀書的人不多，因此他畢業後卽當上了「保正」，並兼「製糖會社原料委員」，對於蔗農的生活知之甚詳，成爲他日後寫作小說的重要題裁之一。

蔡秋桐說：「我當時是保正，兼製糖會社原料委員，與製糖會社有來往，與警察也有聯繫，因此小說內容鮮有激烈的反抗意識，只是眞實的記錄一些事情而已。作品的主題，大部分是寫自己心理的矛盾，全都是本地所發生的事情，只是名字更換一下而已，其人和事皆是眞實的，並沒有特意的去反抗。」或許因爲如此，蔡秋桐的寫作並未受日人干涉，也未受過牢獄之災，蔡秋桐在他的小說作品中，雖無情緒化的特意反抗，只是眞實的記錄事情而已，但是這些作品於現在讀來，却帶著深遠的意義，含有「反面寫實」的嘲諷意味，比反抗的文字更能讓人接受，這種戲劇性的寫法，對於日本人的戲謔，似乎比反抗文字更能夠反抗。

蔡秋桐從公學校畢業後，便放棄日文寫作，所有作品都是用漢文來表達，大部分作品發表於《新高新報》，這個時期以臺灣土話來寫小說，直到在《臺灣新民報》投稿時，才用白話文寫作。當時在東京發行的《臺灣民報》常有刊登用白話文創作的作品，也有一些教人寫作白話文的文章，因此蔡秋桐常買來閱讀，學習寫作白話文的方法，並常閱讀張我軍、賴和、楊守愚的白話文作品，一面欣賞，一面研究學習白話文的寫法，最後終能寫一手流利的白話文，創作了多篇極具價值的小說。

蔡秋桐當保正及製糖會社原料委員直到光復才停止；光復後擔任第一任元長鄉鄉長，不久由於家中農務繁忙，需人照顧，於是自請辭退鄉長職務，後來又當選臺南縣參議員（當時雲林縣未單獨成立）等職。

在文學活動方面，蔡秋桐不但參加了新文學運動的「臺灣文藝聯盟」、「文化協會」、以及《曉鐘》雜誌的撰稿委員，並參加舊文學活動的漢詩詩會「褒忠吟社」，光復後且參加「元長詩學研究社」，是光復前臺灣文壇相當活躍的一員大將，也是北港地帶文藝圈裏的靈魂人物。

蔡秋桐的作品，日文寫成的不多，幾乎全是用漢文寫成的，雖然也寫點詩，但是他個人並不太注重，因此流傳下來的以小說居多，計有〈保正伯〉、〈奪錦標〉、〈新興的悲哀〉、〈興兄〉、〈理想鄉〉、〈四兩仔土〉、〈王爺豬〉……等篇。

——本篇原載於《日據時代臺灣新文學作家小傳》，一九八〇年八月，時報文化事業公司出版

黃武忠　一九五〇年生，台灣佳里人。東吳中文系畢業，現任職文建會。著有《日據時代台灣新文學作家小傳》、《文藝的滋味》、《台灣作家印象記》、《蘿蔔庄傳奇》等書。

蔡秋桐小說評論引得

張恒豪 編

篇名	作者	刊(報)名	卷期 出版者	出版日期
1. 遠望臺	文鷗	台灣文藝	二卷七號	一九三五年七月
2. 《台灣文藝》の 鄉土的色調	楊杏東	台灣文藝	二卷十號	一九三五年九月
3. 一個試評，以《台灣新文學》爲中心	王錦江	台灣新文學	一卷四號	一九三六年五月
4. 台灣新文學社創設及《新文學》第一、二、三期作品的批評	徐玉書	台灣新文學	一卷四號	一九三六年五月

5.蔡秋桐作品解說	張恒豪	光復前台灣文學全集卷二—一群失業的人	遠景出版社	一九七九年七月
6.北港地帶的代表人物—蔡秋桐	黃武忠	日據時代台灣新文學作家小傳	時報文化出版事業公司	一九八〇年八月十日
7.北港「保正」作家	莊永明	自立晚報副刊		一九八六年五月十六日
8.《台灣文學史綱》（蔡秋桐部分）	葉石濤	台灣文學史綱	春暉出版社	一九八七年二月
9.《台灣現代文學簡述》（蔡秋桐部分）	包恒新	台灣現代文學簡述	上海社會科學院出版社	一九八八年三月
10.《台灣小說發展史》（蔡秋桐部分）	古繼堂	台灣小說發展史	文史哲出版社	一九八九年七月

蔡秋桐生平寫作年表

張恒豪　編

一九〇〇年　1歲　生於農曆四月十八日，雲林縣元長鄉五塊村人。
一九〇六年　7歲　入私塾習漢文。
一九一五年　16歲　入元長公學校接受日文教育。
一九二一年　22歲　當上「保正」，並兼「製糖會社原料委員」。
一九三一年　32歲　二月廿八日，小說〈保正伯〉發表於《台灣新民報》三五三號。
四月廿五日，小說〈放屎百姓〉發表於《台灣新民報》三六一、三六二號，只刊登上篇，下篇被日方新聞檢查人員開了天窗。
七月廿五日—八月八日，小說〈奪錦標〉發表於《台灣新民報》三七四—三七六號。
十月廿四日—十一月七日，小說〈新興的悲哀〉發表於《台灣新民報》三八七—三八九號。
十二月八日　創辦《曉鐘》雜誌，共出刊三期。
一九三四年　35歲　五月六日，加入台灣文藝聯盟，與郭水潭先生同爲南部委員。
一九三五年　36歲　四月，小說〈興兄〉發表於《台灣文藝》二卷四號。

六月十日，小說〈理想鄉〉發表於《台灣文藝》二卷六號。
九月廿四日，小說〈媒婆〉發表於《台灣文藝》二卷十號。

一九三六年　37歲
四月一日，小說〈王爺豬〉發表於《台灣新文學》一卷三號。
五月，民間故事〈無錢打和尚〉被選入李獻章主編的《台灣民間文學集》。
九月十九日，小說〈四兩仔土〉發表於《台灣新文學》一卷八號。

一九四五年　46歲
戰後，曾擔任元長鄉鄉長，並參加「元長詩學研究社」。

國家圖書館出版品預行編目資料

楊雲萍、張我軍、蔡秋桐合集 / 楊雲萍, 張我軍, 蔡秋桐作. -- 初版. -- 台北市 : 前衛, 1990[民79]
304面 ; 15×21公分. --
(台灣作家全集. 短篇小說卷, 日據時代 : 2)
ISBN 978-957-9512-00-8(精裝)

857.61　　79000919

楊雲萍、張我軍、蔡秋桐合集

台灣作家全集・短篇小說卷／日據時代(2)

作　　者　楊雲萍　張我軍　蔡秋桐
編　　者　張恆豪
出 版 者　前衛出版社
10468 台北市中山區農安街153號4F之3
Tel: 02-25865708　Fax: 02-25863758
郵撥帳號：05625551
E-mail: a4791@ms15.hinet.net
http://www.avanguard.com.tw
出版總監　林文欽
法律顧問　南國春秋法律事務所 林峰正律師
出版日期　1991年02月初版第1刷
2010年01月初版第8刷
總 經 銷　紅螞蟻圖書有限公司
台北市內湖舊宗路二段121巷28.32號4樓
Tel: 02-27953656　Fax: 02-27954100

Printed in Taiwan　ISBN 978-957-9512-00-8
定　　價　新台幣300元